断罪されている悪役令嬢と入れ替わって

婚約……ぶっ飛ばしたら、……愛が待っていました

3

BlueBlue

illust. 乗出いきる

プロローグ

ガンドルフィン王国の王城内にある王の執務室には、数人の大人たちが雁首を揃えて難しい顔をしていた。

「彼女が成人した途端、周辺国からの面会要望が一気に増えたな」

執務机の上に広がっている他国からの要望書の数々を目にしながら、王はそう言うと大きく息を吐《は》いた。隣国ブラジオーガでの一件以来、聖女であるアレクサンドラに会いたいという要望がいくつか来ていたのだが、彼女が未成年なのと王太子の婚約者に決定したばかりであるという事で断っていた。

しかし成人した途端、せめて謁見くらいはと、今まで来ていた数を遥《はる》かに上回る数の要望が来るようになったのだ。ここまで来ると、王太子の婚約者という理由くらいでは通用しない。逆に王太子の婚約者であるのならば、他国との交流も公務のうちだろうと勢いづいている始末だ。それは確かに一理あるのも事実。しかし、それをよしとはしない人物が王のすぐ横と、机を挟んだ正面に立っている。この二人を納得させなければ話は進まない。しかしこの二人の前では、王という権限も全く通用しない。どうしたものかとここにいる二人以外の全員が、諦《あきら》めたように溜息を零《こぼ》した。そんな空気の中、溜息の原因である二人のうちの一人であるヴィストリアーノ公爵が無表情のまま、アメジストの瞳で机に置かれている要望書の数々に目を落としながら、冷たい声色で答えた。

「そんなものに応えてやる義理はございません。我が娘、アレクサンドラは正式な聖女ではないのですから」

「しかし……」

王が言葉を紡《つむ》ごうとすると、今度は正面から被せるように口を開いた。

「そうですよ。父上、何をそんなに困っていらっしゃるんです？　アリーは成人したとはいえ、王太子である私の婚約者なのですよ。私の大事な婚約者を、簡単にホイホイと他国の人間に会わせる筋合いはありません」

要望書の何枚かを手に持ち、そのまま燃やしてしまうのではないかと思えるような黒い笑みを浮かべて言ったのは、よしとしないもう一人の人物でこの国の王太子であり、アレクサンドラの婚約者であるエンベルト・バルティスだ。確かにアレクサンドラは正式に聖女となった訳ではないし、王としても義理の娘となる彼女を見せ物のようにしたいとは思っていない。しかし政治的観点から見て、簡単にダメだと切り捨てる訳にもいかない。そんな事情を認識しているはずなのに、決して受け入れるつもりがない様子の二人組。どうしたものかと王が盛大に溜息を吐《つ》くと、公爵がフンとバカにしたように鼻で笑った。

「あくまでも婚約、だけですがね」

そんな彼の呟《つぶや》きをしっかり拾ったエンベルト殿下は、にこやかに微笑《ほほえ》んでみせた。

「ふふふ、義父上殿。毎度毎度、懲りもせずに突っかかるのはどうかと思いますよ」

「私は事実を言っただけですよ、殿下」

互いに黒い笑みを浮かべながら、魔力をぶわりと膨らませる。他の面々は、またかという表情で二人のやり取りを見ていた。そんな中、静かに二人の間に入った人物がいた。アレクサンドラの兄であるジャンネス・ヴィストリアーノだ。ジャンネスは二人を交互に見ながら穏やかに微笑んだ。

「お二人共、仲がよろしい事は重々承知しておりますが、今はそのように戯《たわむ》れている場合ではないのだと、理解しておりますよね」

「……」

「……」

ジャンネスの抗《あらが》えぬ圧を感じた殿下と公爵が黙った後、小さく咳払いをした宰相であるマルケッティ公爵が、息子によく似たアイスブルーの瞳を細め王を見た。

「これを寄越した大半の国の目的は、聖女が本物なのかどうか自分の目で確かめたい、もしくは聖女のいるこの国と繋がりを持ちたい、出来るなら聖女を自国の手中におさめたいというところでしょう。ここは絞って一国か二国、実際に我が国へ招き入れるのが得策なのではないでしょうか。アレクサンドラ様と神獣様に会っていただいて、どんなに望んでも手に入れられないのだと、邪《よこしま》な考えを持つと痛い目に遭うのだと、直接肌で感じていただいた方がわかっていただけるのではないでしょうか」

言い終わると宰相は、殿下とヴィストリアーノ公爵を見てニヤリと笑った。視線を受け止めた二人もニヤリと笑い返す。そんな様子に王を始め他の面々が再び溜息を吐く中、ジャンネスが苦笑しながらボソリと呟いた。

「はぁぁ、我が国を敵に回すなんて考えは、あっという間に霧散する事になるのだろうね」


ガンドルフィン王国でそんなやり取りがなされていた頃――。

国土の半分近くが熱波渦巻く砂漠地帯の国では、王の下に妙な小箱を発見したと連絡が入っていた。国の北東部に位置する山脈の裾野に領地を持っている貴族からのものだった。

「これは一体なんだ？」

調査の為《ため》に現地へと赴いた男性の手にすっぽりと収まる程小さな箱は、闇の中に溶け込んだかのように真っ黒だった。

「中に何か入っている、という訳でもないようだな」

手に持っていた箱を耳のそばまで持っていき、振ってみるがなにも音はしない。

「無闇に触れるのはどうかと思うけどね」

すぐ隣でそう言った男性も、興味深そうに繁々と箱を眺めている。すると、そんな二人の側へ屈強な男性がやって来て言った。

「殿下方、ブラジオーガで開催された剣術大会の時の事件を覚えていらっしゃいますか？」

二人の男性が「ああ」と頷《うなず》くのを確認すると、屈強な男性は話を続けた。

「その時、騒ぎを起こしたというブラジオーガの王弟が黒い箱を潰《つぶ》したと、確かフレド殿下の報告書に記載されてあったかと。もしかすると、それと関係があるのでは？」

「そういえば、そのような記述があったね」

屈強な男性の言葉に、箱を手にしていない方の男性が賛同した。箱を持っている男性は途端に、汚い物に触れるかのように指先で黒い箱を摘《つま》み直した。

「では、これは俺たちではどうにも出来ない代物って事か？」

目の高さで箱をゆらゆらさせながら言った男性は、暫《しば》し箱を睨《にら》んだかと思うと何かを閃《ひらめ》いたようにニヤリと笑う。

「ならば是非、噂の聖女殿へ相談する事にしようじゃないか」

一章　ぷにちゃんは天才？

「完敗よ」

「あれは別次元のものだろう」

「はは、完全に白旗だな」

湖に張られた氷の上。私とラウリスとオレステは四つん這いで身動きせず、身体が冷える事も気遣えない程の絶望を味わっていた。


冬季休暇の真っ最中。婚約発表も終わり日常の落ち着きを取り戻した私、アレクサンドラ・ヴィストリアーノはスケートを楽しむ為に、いつもの面子にセヴェリンと異国の王子たちを加えて城の裏手にある湖に来ていた。

「そういえば、去年はゆっくり滑る事が出来なかったんだったな」

ベンチに座りスケート用の靴を履きながらそう感慨深げに言ったのは、この国の第二王子であるラウリス・バルティスだ。

「今年は大丈夫、だと思いたいですね」

靴の紐を力強く結びスッと立ち上がったロザーリオ・マルケッティ公爵令息が、隣にいたフェリチア・カンプラーニ侯爵令嬢をエスコートしながらそう言った。

「チタ、俺たちも行こう」

氷上で靴をガッガッと踏み慣らしてからチタこと、フェリチタ・カンプラーニ侯爵令嬢をヒョイと抱き上げたのはオレステ・ロダート侯爵令息。

「お兄様、無理はしないでね」

ラウリスに手を引かれながらゆっくり立ち上がった隣国ブラジオーガの王女、ジュリエッタ・コッタリーニ王女殿下は、眉を下げながら心配そうに兄であるジュスト・コッタリーニ王太子殿下に声をかけた。

「大丈夫。ゆっくり慣らしていくから」

自分を心配する妹にそう微笑み、恐る恐る氷上へ足を踏み入れたジュスト殿下を支えたのはセヴェリン・フレゴリーニ侯爵令息だ。

「ジュスト殿下ならすぐに滑れそうだね」

そう言ったセヴェリンは、意外にもジュスト殿下に的確なアドバイスをしている。そのお陰か、ジュスト殿下は暫《しばら》くすると一人で滑れるようになっていた。

「さ、私たちも滑りましょうか」

まずはぷにちゃん。ぷにちゃんをそっと氷の上に置いてみると、初めて体験する冷たさからなのか一瞬ぷるりと震えたぷにちゃんだったけれど、周りで滑っている人を見て感化されたらしく自ら滑り出した。形態が功を奏しているのかなんなのか、とっても軽やかに滑っている。スライムが優雅に氷の上を滑っている姿は、なんだかちょっと面白い。

『これは快適だな』

　少しするとクストーデが、ちゃっかりとぷにちゃんの上に乗った。ぷにちゃんはわかっていたかのように、小さな座布団のような形に変形した。それを横目に立つこともままならないでいるのは、サルド王国のフレド・ジブラミール王子だった。

「まだ手を離さないでくれ」

　砂漠地帯の国で生まれ育ったフレド王子はスケートそのものが初めてなのだそうで、私の手をがっしりと握り足をプルプルさせながら立っている。なんだかちょっと可愛く思えてしまう。

「大丈夫、離しませんから。フレド殿下、身体から力を抜いてください。そんなに力を入れていたら、いつまで経ってもバランスすら取れませんよ」

　そうアドバイスをすると、王子は大きく息を吐きながらゆっくり身体の力を抜いた。身体能力は優れているので変な力が抜けた途端、綺麗に氷の上に立つ事が出来てしまう。そのタイミングで手をそっと離してみると、王子はゆっくりと氷上を滑り進んだ。

「どうだ⁉　滑っているぞ！」

　喜色満面になったフレド王子だったけれど、ハの字にして立っていた王子の右足と左足は、仲違《なかたが》いをしたかのようにどんどん開いていってしまう。

「お、おい、聖女殿。どうしたら」

　言葉が終わらないうちに王子はバランスを崩してしまった。そのままでは後ろに転んでしまうと危惧した私は、慌《あわ》てて王子の背後から脇に腕を入れて支える。

「ふう、危なかった」

息を吐いた私に、フレド王子が感嘆の声を上げた。

「助かった、ありがとう。それにしても流石《さすが》聖女殿、この私を簡単に支えてしまえるなんて凄いな」

男性にしては小柄で華奢なフレド王子だが決して軽い訳ではない。そんな王子を一人で支えた私に感動しているらしい。

「それなりに鍛えているので」

返事をしながら王子を立たせ、再び彼の手を掴《つか》み直した私の手を反対にギュッと握りしめてきたフレド王子。私を見つめる琥珀色の瞳はキラキラだ。

「やはり私の妃《きさき》にはあなたしかいない。私は本気だぞ。多妻制が嫌だというのであれば、聖女殿以外の妃は娶《めと》らないと約束してもいい」

もう何度目かもわからない求婚。フレド王子は事あるごとに求婚してくるので、私もすっかり慣れてしまっていた。「はいはい」と軽く流しながら再びゆっくりと氷上を進み出した私に「本気なのだぞ」と、少し不貞腐れたような顔で続けながらも素直に足を動かすフレド王子。そんないつものやり取りをしている私たちにジュスト殿下が近付いて来た。

「ふふ、毎回軽くあしらわれているのにあなたも凝りませんね」

この短い時間で随分と滑れるようになったらしいジュスト殿下は、シュッと氷を削りながらフレド王子のすぐ横で止まった。

「ジュスト殿下、あっという間に上手くなりましたね。凄いです」

私が素直に褒めると殿下はラピスラズリの瞳を細くして微笑んだ。

「ありがとうございます。アリーと一緒に滑りたくて頑張ってしまいました」

「あ、そうですか」

返答に困り、ははは と乾いた笑いで誤魔化した私に、ジュスト殿下はにこやかな笑みを浮かべたまま見つめてくる。

この方もこういった言葉を毎度のようにかけてくる。しかも挙動が少しばかりルトに似ているからタチが悪い。そのせいで時々、上手く立ち回れなくなってしまう時がある。今もそうだ。ジッと見つめ続けられている状況に戸惑いを感じてしまう。どうしたものかと思っていると、フレド王子がジュスト殿下を見つめながら問いかけた。

「ジュスト殿、初めてとか言っておいて実は滑れたんじゃないか？　じゃなきゃ、そんなすぐに上手くなるなんておかしいぞ」

確かに先程の止まった時のそれは、初めての人ではない感が否めない。フレド王子と私の訝《いぶか》しげな視線にジュスト殿下はにこやかな表情を変えぬまま、ペロリと舌を出した。

「ふふ、バレてしまいましたか。実は学生時代に何度か。しかし、この国で滑るのは本当に初めてですよ」

悪びれもせずそう言ってのけたジュスト殿下に、フレド王子が食ってかかる。

「この国ではって……とんだホラ吹きだな」

「嘘《うそ》は言っていません。だってここでは初めてですって言いましたよ？」

言い合いを始める二人を見ながら溜息を吐いていると、単独で滑っていたぷにちゃんがクストーデを乗せたまま戻って来た。クストーデは気持ちいいのか座布団のように広がっているぷにちゃんの上で眠っている。そんなクストーデの背中には三羽の真っ白い小鳥たちが留まっていた。

「うっ、何これ？　可愛過ぎるんだけど」

可愛いの三点盛りを目の当たりにした私は、当然の事ながら咄嗟《とっさ》に鼻を手で塞《ふさ》ぐ。だって完全な鼻血案件なんだもん。こうなるともう二人の王子はどうでもいい。可愛い三点盛りに釘付けになっていると、チアがゆっくりと滑って来た。

「アリー？　どうしたの？」

不思議そうな顔をしながら私の方へやって来たチアは、私の足元にいる三点盛りを見た。

「え？　やだ、可愛い」

「え？　なになに？」

チタもやって来た。気付けば他の皆も集まっている。皆の視線は一点に集中。たくさんの視線を浴びているのを感じたのか、眠っていたクストーデがゆっくり目を開ける。

『なんだ？　おやつの時間か？』

目覚めて一番の言葉がそれ？　神獣としての威厳はどこへやら、むくりと起き、まだ開ききっていない目を前足で器用に擦《こす》っている。クストーデが動いたせいで背中に留まっていた小鳥たちは、チチッと鳴きながら飛んでいってしまった。ああ、可愛かったのに。飛び去った小鳥たちの姿を目で追ってた私の肩を、突然ラウリスがガシッと掴んできた。

「よし、そろそろ身体も慣れてきたし勝負といくか？」

「お、やるか？」

ラウリスの言葉にオレステが手や首をコキコキと鳴らした。情緒とか風情とかないのかしら？

なんて思いつつ私も足首を回す。

「もしかして、夏の時のように勝負するという事ですか？」

私たちの様子を見てワクワクした様子で尋ねてくるジュスト殿下に、ロザーリオが頷いた。

「この三人はですね、幼い頃からなにかにつけて勝負をする癖がありまして。スケートはアリーが勝つ事が多いのですが、去年は出来なかったのでどうなるかわかりませんね」

去年はデルフィーナ・セレートに唆《そその》かされた伯爵令息が、私を湖に落とそうとするという事件があったせいで勝負は出来なかった。けれど、私としては負けない自信がある。

「それは楽しみです。ふふ、またアリーの勇姿が見られるなんて嬉しいですね」

そう言って笑ったジュスト殿下に、フレド王子が質問を浴びせた。

「聖女の勇姿ってなんだ？　また何か凄い技を見られるのか？　ジュスト殿は見た事があるのか？」

フレド王子は氷の上にいる事をすっかり忘れてしまっていたようで、興奮のあまり前のめりになってしまいバランスを崩してしまう。けれどすかさず手を貸したジュスト殿下に助けられた。

「あはは、落ち着いてください。今から実際に見る事が出来ますから。きっと面白いと思いますよ」

　別に面白い事はないと思うけれど。ふふふと楽しそうに笑うジュスト殿下と、琥珀色の瞳をキラキラさせながら私を見ているフレド王子の視線をひしひしと感じる中、氷上のレースが行われる事となった。

「レディ。ゴー！」

　いつものようにロザーリオの掛け声で、私たちは一斉にスタートした。湖を真っ直ぐ進んだ先にある木の幹に、触れて戻るという至極単純なコースだ。魔力なしの一発勝負。スタートはオレステがトップ。でも、私もラウリスもすぐにオレステに並んだ。レースはほとんど差がないまま、もう間もなく折り返しの木というところまできている。幹に向かって手を伸ばしかけたその時だった。左側を滑っていた私と真ん中を滑っていたラウリスの間で、黒っぽい何かが見えた気がした。

「なんだ⁉」

　ラウリスの驚いた声に本人は勿論、私とオレステもビクッとしてしまい滑る速度を落とす。そんな中、一気に飛び出してきた黒っぽい何かは木の幹にしっかりタッチして、颯爽と折り返して行った。

「え？　ぷにちゃん……とクストーデ？」

　木の幹にタッチをしたのはクストーデ。そしてクストーデを乗せて、もの凄いスピードで滑っていたのはぷにちゃん。そう、黒っぽい何かはクストーデとぷにちゃんだったのだ。木の幹にタッチしたクストーデは私の方を見て、ケラケラと楽しそうに笑っていた。

「ちょっと！　待ってよ！」

私たち三人は慌てて木の幹に触れ、音もなく滑って行くぷにちゃんを追いかけた。けれどぷにちゃんのなんと速いことか。追いかける私たちをものともせず、それどころか更に差をつけてぷにちゃんは一番でゴールした。やっとの事でゴールした私たちは、そのまま膝から崩れ落ちたのだった。


陽が少し傾いた頃、スケートを終わらせた私たちは、王城内にある談話室でお茶を飲んでいた。一番寒い時期のせいか、夕方に近付くと急に冷えてくる。私とラウリスとオレステは、暫く氷の上で打ちひしがれていたせいで心も身体も寒い。そんな私たちに暖炉の熱と紅茶の温かさはとても心地良かった。一方のクストーデとぷにちゃんは、通常運転で甘いお菓子に夢中だ。放っておくと全てのお菓子がなくなりそうな事に気付いた私は、慌てて小さめのカップケーキに手を伸ばした。他の皆もお茶を飲んだり会話を楽しんだりと、それぞれに寛《くつろ》いだ時間を過ごしていた。

「そういえばさ、お風呂で上からお湯を雨みたいに降らせる道具が欲しいって話、覚えてる？」

ひと心地ついた頃、突然セヴェリンが話を切り出した。反対側に座っていたセヴェリンは席を立つと、私の座っているソファの肘掛けに腰を掛け、黒い瞳をキラキラさせながら私に笑いかけた。

「勿論、覚えているわよ」

それはちょうど半年くらい前、私が魔術師団棟へ遊びに行った時にあったらいいなと話していたシャワーの事だった。

　こちらの世界にすっかり慣れ、あまり不便さは感じていなかったのだけれど、シャワーがあったら尚いいのにとは何度か思ったのだ。この世界には浴室はある。バスタブも大きいしお湯も直接使う事が出来る。けれどシャワーという概念はないようで、髪を洗う時はいちいちお湯を桶に溜めて流す、という動作を繰り返さなければいけないのでとっても面倒なのだ。メリーは常に楽しそうに洗い流してくれるけれど、シャワーがあったらもっと簡単なのにと思っていた。

　そして魔術師団棟に遊びに行った際、セヴェリンになにかあったらいいなと思う魔道具はないかと聞かれてその話をしたら、とても乗り気になってくれたのだ。その時に一緒に話したスマホは既に作ってもらっている。何度か改良を重ねて今は国内は勿論、国外にも販売する計画が進められているそうだ。

「雨のようにって言うくらいだから、やっぱり上に直接取り付けられる方がいいんだよね」

　側で控えていた侍従が私の隣に席を用意してくれ、そこに座り直しながらセヴェリンは話を続けた。そこへ、中途半端に話が聞こえていたらしいジュスト殿下が入って来る。

「セヴェリンは雨を降らせる装置を作ろうとしているのですか？」

　いやいや、どんな聞き違い？　ジュスト殿下の素っ頓狂な質問に頭の中で突っ込んでいると、ククッと笑いながらセヴェリンが答えた。

「違う違う。雨を降らせるんじゃなくて、雨のようにお湯が出る魔道具だよ。お風呂の時に使いたいってアリーから提案されたんだ」

　すると、他の皆も話に加わり出した。

「雨みたいにお湯が出る魔道具？　それって何に使うんだ？」

　オレステが首をコテンと傾けた。ちっとも可愛く見えないから驚きだ。ロザーリオも不思議そうな顔をしている。ラウリスはちょっと怪訝《けげん》な顔。また何かやらかすんじゃないかとでも思っていそう。

「髪や身体についた泡を簡単に洗い流せるようにするって事よ。雨よりももっと勢いがあるものならあっという間に流せそうでしょ。いちいちお湯を溜めなくていいし」

　私の説明にチタたちが食いついてきた。

「それいい。勿論ずっと出し続けられるのよね」

「勿論。そうするつもりだよ」

　セヴェリンがちょっと胸を張って答えた。

「それはサルドでも使えるか？」

　今度はフレド王子だ。

「まだ具体的に決まってはいないけど、国に関係なく使えるようにするのが最終目標だよ。スマホみたいにね」

　にこっと笑って答えるセヴェリン。どうやらこれも大々的に売り出す算段みたい。魔術師団ったら商魂逞《たくま》しいわね。なんて思いながら先程の質問に答える。

「セヴェリン。さっきの質問だけど、立っていても頭から浴びる事が出来る高さに欲しいわ。それと、しゃがんだ状態でそれを直接手に持つ事が出来るようにもして欲しい」

そう要望すると、セヴェリンが困惑気味な表情で首をコテンとした。オレステとは違い、中性的な彼がやると可愛く見えてしまう。そして若干の敗北感を感じるのは何故？

「それって二つ必要って事？」

「そうじゃなくてね、魔道具自体を固定せず動かせるようにするといいって事」

身振り手振りで説明していく。ある程度説明するとセヴェリンはちゃんと理解してくれた。

「なるほどね。立ったままでも座ったままでも使えるように、可動式にするようにって事だね」

「そうそう。流石セヴェリン」

意思疎通が上手くいった私たちはハイタッチをして喜んだ。そのタイミングで扉がノックされ、二人の人物が入って来る。

「とぉっても楽しそうですねぇ」

そう言って黒い笑みを浮かべながら入って来たのは、この国の王太子であり私の婚約者であるエンベルト・バルティス殿下だ。その後ろでキリリとした美しくも凛々しい表情をしているのは私のお兄様のジャンネス・ヴィストリアーノ。お兄様の手には何か手紙のような物が握られている。

「ははは、バッドタイミングだね」

黒い笑みを向けられているにもかかわらず、セヴェリンは楽しそうにそう言って笑う。あの笑みを直接向けられているのに笑っていられるセヴェリンって、ある意味一番の大物かもしれない。

「よし。アリーに聞いた内容を参考に、もう少し詰めてみるね」

しかも悪びれる様子もなくセヴェリンは私にそう言うと、颯爽と談話室を去って行ってしまった。きっと早速魔術師団棟に向かったのだろう。本当に魔法が大好きだね。けれどせめてもう少し一緒にいて欲しかったかな。だって黒い笑みをしたままのルトが、ゆっくりこっちに近づいて来てるんだもん。誤魔化すようにあははと笑ってみるけれど、ルトの表情は黒い笑顔を貼り付けたままピクリとも動く事はない。そんなルトから目を離す事も出来ずに見つめていると、つい先程までセヴェリンが座っていた席に座った。黒い笑みは消えたけれど、今度は無表情になっている。そして無言のまま私の手を掴んだ。周りにいた皆が固唾《かたず》を呑んでいるのがわかる。私もゴクリと唾《つば》を呑んだ。一体なにをされるのだろうと内心ビクついていると、無言のまま私の手の平をジッと見ていたルトは胸ポケットからハンカチを取り出し、その手の平をゴシゴシと拭き出した。

「え？　ルト？　ちょ、熱、痛っ」

必要以上の力でゴシゴシと拭かれているので、手の平が熱いし少しだけ痛い。

「あの男はある意味、一番タチが悪いです。なんの下心もなくアリーに触れているとわかっているからこそ、なにも言わず我慢しているのですが、それでもやっぱり腹立たしいです」

文句を言いながら私の手を拭くルトに、正面に座っていたジュスト殿下がふふふと笑った。

「エンベルト殿、相変わらず狭量ですね。あれくらいの事、気にせず受け流したらどうです？」

「その通りだ。心が狭い。聖女殿、そんな男のどこがいい？　やっぱり私にしておけ」

フレド王子もヤジを飛ばす。するとルトは私の手を拭くのをやめ、ハンカチを胸ポケットにしまうとおもむろに立ち上がった。

「ふっ、あなた方こそピーチクパーチクと。どんなに鳴こうがアリーの愛は私にしか向きませんよ」

二人の王子に向かって嘲笑《あざわら》うように言ったルトは私の目の前に立ち、私の両手を握るとすっと上に引き上げた。手を引き上げられた私はそのままソファから立ち上がる。なにをするつもりなのかと黙って見つめれば、ルトは私の前で少し腰を屈《かが》め、私の臀部の下に腕を回してそのまま私を抱き上げた。いきなりの浮遊感に驚く私の視界が回った。

訳がわからぬまま顔を向けている先に見えたのはジュリー。こちらを見ている彼女の顔は驚いた表情になっていた。そんな表情も文句なく可愛いなと思いながら見つめていると、彼女の顔がどんどん赤く染まっていく。ジュリーの横に視線を移すと、彼女の隣に座っているラウリスも口をポカンと開けている。

どうしたのかと他の皆も見ると、呆れたような顔や照れているような顔ばかり。最後にルトの背後にいたお兄様を見た。困ったような呆れたような顔で笑っている。皆の反応を見てどうしたのかと首を傾《かし》げながらルトを見れば、思った以上に顔が近くにある。

そこで初めて自分の状況を把握した。私ったらルトの膝の上に横抱き状態で収まっている。私を抱き上げたまま反転したルトは、そのまま私が座っていたソファに腰をかけたのだ。

いやいやちょっと待って。二人きりの時には何度かされた事があるけれど、皆の前でやるなんて。自覚した途端、自分の顔に一気に熱が宿るのを感じた。きっと今の私は、ジュリーに負けないくらい真っ赤になっているだろう。

「ううぅ」

いたたまれなくなり両手で顔を覆《おお》いながら呻《わめ》く私を、抱きしめながらルトが覗き込んできた。

「もしかして、照れているのですか？　今更？　もう何度もやっているでしょう」

ルトの手が私の耳に触れ、そのまま首の後ろに回った。私を見つめるエメラルドの瞳が潤《うる》んで色気を発している。この感じはもしや！　このままだと皆の前でキスされてしまうのでは⁉

どうやら予感は的中のようで、首に置かれた手に少しだけ力がこもったのがわかった。咄嗟に動かないように首に力を入れるけれどルトの力に敵《かな》う訳もなく、そうじゃなくても近かったルトの顔が更に近付いた。唇が触れるまで数センチもない。

恥ずかしさで頭に血が上りかけたその時、私とルトの顔の間に鈍色《にびいろ》の柔らかいものが挟まった。ぷにちゃんだ。すっかりルトの暴走を止める達人、いや、達スライムになっている。

「ありがとう、ぷにちゃん」

私の膝に戻ってきたぷにちゃんにお礼を言うと、ぷにちゃんは嬉しそうにぷるんとした。ホント、可愛い。

『あまりアリーを追い詰めない方がいい。魔王が飛んでくるぞ』

クストーデだ。チョコチップクッキーを握りながらぷにちゃんの隣に座ると、ニヤニヤしながら握っているクッキーを頬張る。

「余計な事を言っていると、そのお菓子ごと全てのお菓子を取り上げますよ」

『お菓子を取り上げるだと？　そんな事をしたら消し炭にしてやるぞ』

「ふん、アリーが悲しむような事を神獣がするというのですか？　ひどいですね」

『悲しむのはほんの一時だ。いくらでも次の婿候補がいるようだしな』

大の大人である人間とドラゴンが、子供のような言い合い、しかも私を挟んで。勘弁してほしい。小さく溜息を吐いた私と同じタイミングで、背後からも溜息が漏れた。

「殿下。神獣相手に幼子のような言い合いはやめてください。それと。父上は勿論ですが、私もいる事を忘れられては困りますよ。慎みを持って接していただかなければ、ね」

あくまでも穏やかに、落ち着いた口調のお兄様。なのに底冷えするような気持ちになるのはどうしてなのか？　同じように感じたのか、ルトも一瞬身体を固めた。ルトだけじゃない。ここにいる他の男たちまでもが揃ってピキリと身を固まらせていた。

そんな様子を見ていたクストーデは、楽しそうにケラケラと笑っている。口にクッキーを入れたまま笑ったものだから、私の膝に欠片《かけら》がいくつも飛んだ。うん、ぷにちゃん、お掃除ありがとう。

「それより殿下。こちらの件で来たのだという事を忘れていませんか？」

お兄様が手に持っていた封筒をルトに渡す。我に返ったルトはそれを受け取り、私を膝に座らせたままの体勢は解かずに器用に封筒から手紙を取り出すとフレド王子の方を見た。

「フレド殿。サルド王国にいらっしゃるお父上から、我が国に相談したい事があると手紙が届きました」

「え？」

驚くフレド王子にルトがもうひとつある封筒を渡す。どうやらフレド王子宛の物らしい。封筒を受け取った王子はすぐに中を確認した。

「……兄上たちがガンドルフィン王国に来たいと言っている。聖女殿に直々の相談があると」

中を読み進めながら、簡単に内容を説明してくれるフレド王子だったが、次の瞬間「え!?」と大きな声を出した。

「黒い箱を発見した。真っ黒な小さな箱を……これって……」

ここにいる皆が同じ記憶を蘇《よみがえ》らせたのだろう。驚愕の表情で固まった。そして一斉に私とクストーデを見た。皆の視線を受け、私とクストーデは顔を見合わせる。

「まだわかりませんが、どうやらピエーノ王弟が持っていた箱と酷似した物のようですね」

ルトは静かだけれど重い口調で皆を見回して言った。

二章 サルドの王子たち

冬季休暇が終わり、再び学校生活が始まって暫くした頃。王城へ到着するといつもより城内がバタついている。それもそのはず。今日はサルド王国の特使の方々がやって来るから。

サルド王国とは今まで直接関わる事はなかったそうだ。けれどサルド王国とブラジオーガ王国が友好関係を築いている事もあり、ガンドルフィン王国としても敵意を示すような事はなく、おまけに商人を通して互いの国の品物の流通もあるので基本的には好意的。上手くいけば友好関係を築けるかもしれない。だからこそ、ギリギリまで準備に勤《いそ》しんでいるのだろう。

談話室に行くと他の面々も揃っていた。

「もう皆集まっているのね」

今夜の晩餐会に私たちは皆揃って参加する事になっている。第二王子と婚約者、宰相子息と騎士団長子息とそれぞれの婚約者という立場での参加だ。王妃殿下が「国同士の交流に若い世代も参加した方がいいでしょ」とおっしゃった事で決まったらしい。部屋に入ると優雅に近寄って来たジュスト殿下が手を差し出してきた。席までエスコートしてくれるようだ。素直に手を乗せるとソファへと案内してくれる。

「ありがとうございます」

礼を述べ座った私に視線を合わせようと、首を傾げるジュスト殿下。ストロベリーブロンドの髪がサラリと靡《なび》く様はなかなかに美しい。

「このくらいのエスコートしか出来ないのが非常に残念ですが」

ふふふと笑いながら普通に口説いてくる。ホント、見た目に反してなかなか肝が座っていらっしゃる。その向こうでは、殿下に対して怒っているらしいジュリーの姿が見えた。プンスカしているジュリーが可愛い。でへへと顔がにやけそうになった私に「ぷにっ」とぷにちゃんが喝を入れてくれた。はあ、危ない危ない。ぷにちゃんたらルトの暴走だけでなく、私の暴走も止められるようになっている。本当にいい子。

フレド王子は自国の者たちがやって来るという事で、ルトたちと一緒に出迎える事になっていてここにはいない。ラウリスも出迎え班だ。

「今日はぷにちゃんだけなの？」

お茶を飲みながらぷにちゃんに小さなタルトを渡していると、チタが不思議そうに聞いてきた。

クストーデがいない事が不思議らしい。

「そう。ぷにちゃんの為にアダマンタイトを取りに行くって。特使が到着する頃には間に合わせるって言ってたからそろそろ戻って来ると思う」

『たまには食いたいだろう』とぷにちゃんの為にわざわざ取りに行ってくれているのだ。最近はずっと一緒にいたせいか、いないと少し寂しい。ただ、いつもなら真っ先にお菓子に飛びつくクストーデがいないお茶の席が平和なのは確かだ。皆もきっと感じていたのだろう。心なしか落ち着いた優雅な雰囲気が漂っている。本来のお茶会とはこうなのよと、思いながら一人でうんうんと納得していると、扉がノックされた。入って来たのはお兄様だった。

「寛いでいる時にごめんね。アリーを借りるよ」

どうやらサルド王国の特使が到着したようだ。そして問題の黒い小さな箱も。

「ちょっと行って来るね」

皆に見送られながらカップを置いて立ち上がると、大好きなエクレアをトプンと飲み込んだぷにちゃんが、私の肩に飛び乗って来た。クストーデという面倒を見る存在がいなかったせいか、いつも以上に食べていた気がする。

「ぷにちゃん、ちょっと膨らんだ？」

肩に乗ったぷにちゃんにボソリと言うと、ヒュッと縮んだぷにちゃん。誤魔化しているのか「ぷにぷに」と私から視線を逸《そ》らした。

「ふふ、可愛い」

そんなぷにちゃんが可愛くて、指でぽよんと突くと嬉しそうに肩の上でポンポンと跳ねた。

「緊張はしていないようだね」

並んで歩いていたお兄様が、私たちのやりとりを見ながら楽しそうに笑う。緊張なんてする訳がない。

「勿論よ。全然してないわ。だってお兄様もいるしルトもいる。お父様だっているもの。クストーデも近くまで来ているみたいだし」

ずっと一緒にいるせいなのか、クストーデが近くまで戻って来ているのがわかる。聖女と神獣の絆が深くなっているのかもしれない。そのことをお兄様に話すと「それ、殿下には絶対に言ってはいけないよ。死ぬ程嫉妬するから」と言って声を出して笑っていた。

　連れて来られたのは大きな会議室だった。何度も足を運んだ王城だけれど、ここには初めて来る。

「失礼いたします」

　お兄様は扉を開け、そう言いながら一礼した。私もカーテシーをする。

「アレクサンドラ・ヴィストリアーノでございます」

　顔を上げるととても大きな丸テーブルが目に入る。その丸テーブルを囲むように、人が座っている様子は円卓の騎士を彷彿とさせる光景だった。

「アリー、わざわざ申し訳ありません」

　挨拶をした私の傍に来たのは勿論ルトだ。すかさず私の腰を抱く。お父様がまた怒るのでは？と思ったがお父様は沈黙を守っていた。流石に他国の人たちがいる中で喧嘩はしないらしい。ここにいる自国の皆がホッとしたのがなんとなくわかった。そんな中、一人の男性が立ち上がる。

「ほお、そなたが聖女殿か」

　見た目はフレド王子によく似ているその男性は、健康的な褐色の肌にクセのある黒髪をサッパリと短髪にしている。トーブによく似た、ゆったりとしたワンピースのような衣装を身につけている。背はフレド王子よりも高い。そして瞳の色はアクアマリンのような薄い青。ニヤリと笑う姿は俺様感満載といった感じだ。

「噂には聞いていたが……それ以上だ。エンベルト殿の婚約者である事が残念でならないな」

その瞬間、会議室の温度が二度程下がった。私の腰を抱いているルトの笑みが黒い。なのに男性の方は全く気付いていないようで軽口が止まらない。

「国一番の美女だと言われている母といい勝負か？　いや、それ以上だな……欲しいな」

更に二度下がった。お父様の眉間に皺《しわ》が寄っている。何故かぷにちゃんが楽しそうにぷるんと震えた。そしてあろう事か、今まで大人しく男性の又隣に座っていたフレド王子もいきなり立ち上がる。

「アッバス兄上、聖女殿は私の婚約者にと口説いて」

「兄上、フレド、いい加減にその軽口を閉じてくれないかな」

最初に立ち上がった男性の隣に座っていた男性が、自身も立ち上がりフレド王子の言葉を制した。そして周りを一度見回して頭を下げる。

「申し訳ございません。この二人は思った事を口に出してしまう癖がございまして」

こちらは黒髪の男性とは違って落ち着いている雰囲気だ。兄君であるらしい男性やフレド王子より肌の色は薄く、私よりも濃い金髪をポニーテールにしていて時折その髪をクルクルと自分の指に絡ませる仕草が微妙にウザい。瞳の色はフレド王子と同じ琥珀色だ。

「聖女様、ご挨拶が遅れました。私はサルド王国の第二王子、ナシル・ジブラミールと申します。弟のフレドと仲良くしていただいていると聞いていますよ。ありがとうございます」

恭《うやうや》しく挨拶をする姿は物腰の柔らかい人のよう。けれどなんだろ？　鼻につく。そんなナシル王子は、続けて兄である男性の紹介もした。最初に立ち上がった男性がそうらしい。

「そしてこちらが第一王子で王太子でもあるアッバス・ジブラミールです。国柄、どうしても粗雑な物言いが抜けませんで、本当に申し訳ありません」

　まあ確かに、アッバス王太子は俺様感満載で敬語とまでいかなくても、丁寧な言葉を使う事すら知らないようだ。フレド王子に少し口調が似ているけれど、横柄さは王太子の圧勝だ。

「ナシル殿、ありがとう。とりあえずうちの可愛い聖女を座らせても？」

　冷えた部屋を正常に戻すように、落ち着いた声色で間に入って来たのは陛下だった。陛下から見れば小僧の集まりだろうに、バカにする素振りもなく穏やかに接している。しかし、この後の一言でルトの父親だと実感してしまった。

「まあ、アッバス殿の事は、エンベルトに一任するという事で」

　その言葉を受けてなのだろう。陛下の背後に立っていたお父様の顔がニヤリとしたように見えた。隣のルトはといえば楽しそうにふふふと笑っている。

「ええ、王太子殿下の事はお任せください」

　ルトの言葉を聞いたお兄様はルトの背後でククと笑っている。これ、大丈夫なのかしら？　ルトに一任された本人であるアッバス王太子は「それは楽しみだな」とニヤついている。ねえ、友好関係は？

　なんとなく不穏な空気が漂う中、ルトに促され私が席に座ったのを確認したアッバス王太子は、背後にいる騎士服姿の人物に向かって軽く手を挙げた。すると、その人物は背後でゴソゴソしたかと思うと、ガラスケースのような入れ物に入った黒い箱を丸テーブルの上に置いた。途端に気持ちが悪くなる。この感じはブラジオーガ王国でピエーノ王弟が持っていた、黒い箱の時と同じ感覚だった。

「これが我が国で見つかった物だ。北東部の山脈地帯で、賊と争った現場に落ちていたらしい。残念ながら賊にこの箱の詳細を問いただす事は出来なくてな」

アッバス王太子はそう言うとニヤリと口角を上げた。つまりは誰も生き残っていないという事だろう。気持ち悪くなりながらも、中央に置かれたガラスケースを見た。掌《てのひら》にすっぽり収まる程小さく、漆黒の闇から生まれたように真っ黒い箱。見た目も以前見た箱と同じ物だ。

「フレドからブラジオーガ王国での件は聞いている。どうだ？　その時の物と同じか？」

王太子の質問に私はコクリと頷いた。

「確かに同じ物のように感じます。この箱、ケースから出す事は出来ますか？」

「ああ、出来る。今すぐ出すか？」

アッバス王太子はそう言いながら、ガラスケースに触れようとする。

「いえ、ここではございません」

国のトップである陛下もいる、このような場所で箱を出すのは危険過ぎる。万が一を考えて人気のない所まで移動してからがいいかと思ったが、サルド王国の方たちはこの箱の行く末を見届けたいと思うに違いない。そうなると何処で出すのがいいか……答えが出ず思案していると、クストーデの声が聞こえてきた。もう既に王城に戻って来ていたらしい。

『アリー、屋上へ上がれ。ここでなら大丈夫だろう』

話の流れをしっかり掴んでいるみたい。最近、食べている姿と寝ている姿しか見ていなかったから、ちょっと見直しちゃったよ。

『わかった、今から行くね』

立ち上がった私は皆を見回した。

「クストーデ、神獣が屋上で待機しています。そちらで浄化を試みる事にしたいのですが、よろしいでしょうか？」

すると陛下は大きく頷き笑みを浮かべながら私を見た。

「神獣様が待っておられるのなら、すぐにでも場所を移そう」

え？　陛下も来るの？　一度浄化した事がある物ではあるけれど、決して安全とは言い切れない。そんな不安が顔に出ていたのか、ルトが私の肩を優しく抱いた。

「大丈夫ですよ。アリーなら浄化出来ます」

「殿下のおっしゃる通りだよ。私もアリーの力を信じてる。だから自信を持って」

お兄様まで。けれど不思議と二人が私を信じてくれている、それだけでなんだか浄化出来る気がしてしまう。心強い言葉を受け、私は大きく頷いた。

屋上に上がると屋上庭園……なんてものはなく、何もない無機質に開けた場所があるだけだった。そして、その屋上全てを日陰にしてしまう程の大きくて美しいドラゴンが、こちらに見定めるような視線を向けている。サルド王国の人々は勿論、陛下たちも驚愕の表情で神獣を見上げている。驚くのも無理はない。小さい姿の時とはかけ離れているもんね。私はすっかり慣れちゃったけれど、初めて見た人からすれば圧倒されてしまうのも当然だ。敬畏という言葉がしっくりくるだろうか。皆、一様に慄《おのの》きつつも陶酔したような表情をしていた。

私たちの出会いの時とは真逆だわ、と思って少しだけ笑ってしまった。だってあの時はルトには何処で拾ってきたと言われ、お兄様には大き過ぎて飼えないと言われて……心なしか今のクストーデはドヤっているように見える。

『ほお、王弟が持っていた物より力が強いな』

クストーデは豆粒に見えるであろう黒い箱に視線を向けながら言った。その言葉に少しばかり驚いた私はクストーデを見上げた。

「え？　クストーデにはそこまでわかるの？　私には気持ち悪いって事しかわからないわ」

『そうだろうな。まあ、我もわかるのはそれくらいだ。だからといって浄化が難しい訳ではない。今のアリーであれば造作もないだろう。今の状態のままならすぐ終わる』

クストーデがそう言うなら頑張ろうと気合いを入れていると、少し離れた背後から声をかけられた。

「おい、聖女殿。神獣と何を話している？」

腕を組み片方の足をバタバタと、貧乏ゆすりのようにばたつかせているアッバス王太子は、明らかに苛《いら》ついた様子を見せていた。他のサルド王国の人たちも揃って不思議そうな顔でこちらを眺めている。

『彼奴《あやつ》らには我の声を聞かせていない。まだ信用出来るかわからんからな』

　フンと鼻を鳴らしながらクストーデが言う。なるほど、念話が聞こえているのは自国の人たちだけらしい。クストーデの取った行動に満足したらしいルトが、私の隣でそれはそれは嬉しそうにうんうんと頷いている事に笑ってしまいそうになったけれど、慌てて顔を引き締めアッバス王太子の傍へ近付く。

「神獣もあの箱は、ブラジオーガ王国での物と同じだと言っています。ですのでこのまま、浄化を試みたいと思います」

　ところがアッバス王太子は、とんでもない返事を返して来た。

「あの状態のまま浄化しました、と言われてもな。本当にアレが危険な物なのか俺たちにはわからない。信用は出来ないな。それを立証する為にも、浄化の前に箱の力とやらを解放してみたい」

　これには他のサルド王国の人たちも驚いた顔をしていた。フレド王子は「あれは本当に危険なものなんだ」とアッバス王太子に助言しているけれど、全く聞いてもらえていない。しかもアッバス王太子のみならず、隣のナシル殿下も涼しい顔をして王太子を止めようとしない。どうやら最初からそのつもりだったようだ。純粋な好奇心で言っているのか、それとも私を貶《おとし》めたいと思っているのか。気持ちはわからないでもないが本当に危険なものだとは信じず、高を括《くく》り私をバカにしている。

『ムカつく』

心の中で悪態をつくと、クストーデが笑いながら同意してきた。

『全くだ。アリーだけでなく我をも小馬鹿にして。すぐにでも消し炭にしてやりたいくらいだ。本当にそんな事が出来るのかとせせら笑っているのだろうな』

『だったらお望み通りにしてあげましょ』

クストーデとの念話を終わらせたタイミングで、まるで話を聞いていたかのようにルトが動いた。

「でしたらアッバス殿のおっしゃる通りに、力を解放してみましょう」

私を見てニッコリと微笑む。うん、聞いていたかのように、じゃなく聞いていたんだね。更にルトはとんでもない提案を付け加えた。

「どうやら力の解放を望んでいらっしゃるのは、アッバス殿とナシル殿のお二人のようですね。他の方々が望んでいらっしゃらないのは、表情を見ればわかります。ですので、他の方には安全な状態で見届けていただきましょう」

そう言いながら私を見て微笑むルト。力を見せつけてやれという事だろう。勿論、私は大きく頷いた。

「ほほお、ならば体験させてもらおうか」

アッバス王太子はニヤニヤしながら、ガラスケースに手を伸ばした。けれどルトが制止の言葉をかける。

「アッバス殿。あなたが力に呑まれてしまっては、恐ろしさを体験出来ませんよ。箱に触れるのは私です」

「えっ？　ルト？」

ルトの言葉に思わず聞き返してしまった。箱の力を解放したピエーノ王弟は、何歳も歳を取ったようになり動く事もままならなくなってしまった。その姿を目の当たりにしているはずなのに、ルトは箱に触ろうとしている。どんなに強いルトでもあの黒い蔓《つた》に呑み込まれてしまったらどうなるかわからない。でも、私がやれば聖魔法の力で弾く事が出来るはず。だからやるなら私だ。

「ダメよ。やるなら私が」

止めようとした私の唇にルトの指が触れ、それ以上話す事が出来なくなる。私を見つめている表情はとても穏やかだった。

「大丈夫ですよ。なんと言っても私の聖女は最強なのですから」

微笑みながら私のおでこにキスをしたルトは、躊躇《ためらい》なくケースから箱を取り出した。私は即座にアッバス王太子とナシル殿下以外の人々を金色のベールに包んだ。金色のベールが皆を包んだのとルトが手の中の箱をグシャリと潰したのは同時だった。途端に黒い蔓が全てを呑み込もうとルトの手から溢《あふ》れ出た。

「お二人共、ぼーっとしていると、あっという間に闇に呑み込まれてしまいますよ」

煽《あお》るようにニコリと笑ったルトだったが、あっという間に蔓に巻きつかれてその表情も覆われていく。黒い蔓は明らかにアッバス王太子とナシル殿下に向かって伸びて行く。二人の王子はシャムシールのような湾曲した剣を振り、襲いかかってくる蔓を切り落としていたが抵抗虚しく、あっという間に足元から蔓に巻かれ黒く染まっていった。

『アリー、今だ！』

クストーデの呼ぶ声に反応し、私は魔力を膨らませた。

『早く、早く、早く！』

気持ちが逸《はや》ってしまって、魔力を上手くコントロール出来ない。ルトは既に蔓に呑まれて姿が見えなくなっている。

『ルト、ルト、ルト、早く！』

明らかに過剰に膨らんだ魔力は、光の矢のように真っ直ぐ上へと放たれた。

『やり過ぎだ』

そう言って笑いながらクストーデは大きな翼を広げ光の矢を受け止め、囲うように翼を閉じた。

そして再び大きく開かれた翼からは、金の粒子がキラキラと輝きながら屋上一面に降り注いだ。

アッバス王太子とナシル殿下を顎《あご》の辺りまで侵食していた黒い蔓は、金の粒子に触れた途端、まるで溶けるように消えていった。

ルトを見れば同じように、黒い蔓が溶けるように消えていくのが見えた。私は慌ててルトへ駆け寄る。

「ルト！」

叫ぶように呼びかけると「はい」と微笑んだルトはいつものルトのように見える。

「大丈夫だった？　どこもなんともない？」

それでも心配でたまらない私は、頭の天辺からつま先までルトの身体中をチェックする。されるがままになっているルトは「大丈夫みたい」とホッと胸を撫でおろした私に手を伸ばしてきた。気付けば私はすっぽりとルトの腕の中に収まっている。そしてそのままギュッと抱きしめられてしまう。

「アリー、やはりアリーは最強です。蔓に全てを呑み込まれても身体に侵入される感覚はありませんでした。それどころか金のベールは私を包みこみ、ほんのりと暖かく心地良ささえ感じました。やはり凄いですね、私のアリーは」

そう。私はアッバス王太子とナシル殿下以外の皆に聖魔法をかけた。つまりルトにもかけたのだ。それがどう作用するのかはわからなかったけれど、ちゃんとルトを守ってくれたらしい。

「よかった。ルトをちゃんと守れた」

ルトを守れた事に安心して息を吐いていると、アッバス王太子とナシル殿下が近付いて来た。揃って神妙な面持ちになっている。私を抱きしめていたルトは、私と二人の王子の間に立ち少しばかり黒さを含んだ笑みを見せた。

「いかがでしたか？　箱の邪悪さと聖女の力を一度に体験した感想は？」

「申し訳ありません。箱の力も聖女様のお力も侮《あなど》っていました」

胸に手を当て頭を下げながら、先に謝罪を述べたのはナシル殿下だった。

「すまなかったな。蔑《さげす》むような真似をした」

アッバス王太子も、不貞腐れた表情ながらもちゃんと謝ってくれた。

「いいのです。わかってくださったのでしたら。それより、お怪我などされておりませんか？」

ルトの背中越しから話しかけると「ああ、なんともない」と答えたアッバス王太子だったが、すぐにまたニヤリとした顔になる。

「なあ、聖女殿。やはり俺の元へ来ないか？　その力、是非とも我が物にしたい。既に三人の妃がいるが、まだ正妃はいない。今ならすぐにでも正妃にしてやるぞ。どうだ？　悪い話ではないだろう」

私を誘う王太子の顔は自信満々で、私が食いつくと本気で思っているようだ。いやいや、全くもって悪い話なんですけど？　ちゃんちゃらおかしいっての。これはきっぱりはっきり断らねばと口を開くよりも早く、ルトの笑い声が響いた。

「ふふ、ふふふ。あはは。あははははは」

抱腹絶倒の見本になる、というくらい笑ってる。突然の爆笑に陛下とお父様、そしてお兄様以外は皆ポカンと口を開けて呆けている。勿論私も。怒るのならわかるけれど、お腹抱えて大笑いって……なんで？　私とぷにちゃんが大きく首を傾げていると、やっと笑いがおさまったらしいルトが、はぁぁと息を整えてアッバス王太子を見た。

「思った事を口にしてしまう癖でしたか？　それはまあ、正直者であるという利点にもなるのでしょう。ですが国を治める者としては重大な欠点にもなり得ましょう。今だってそうです」

次の瞬間、ずいっとアッバス王太子に近付いたルトの声が、明らかにトーンダウンしたのがわかった。

「事もあろうに私の大切なアリーをモノ扱いなどとふざけた真似を。あなたは私、いえ、この国に喧嘩でもしにいらしたのですか？　私も甘く見られたものです。あなたの目に私がどう映っているのかは存じませんがその喧嘩、いつでも買って差し上げますよ」

アッバス王太子はなんとなく挑発には乗るタイプに見える。そんな人にそんな言い方をしたらマズイ事になると思う。その証拠に、今度はアッバス王太子が大声で笑い出す。

「は、はははははは。これはこれは。エンベルト殿、フレドに勝ったからといって俺にも勝てると？　言っておくが俺はサルドの騎士団長にも引けを取らない実力だぞ。お前のようなひよっこに負けるはずがないだろう」

ルトをひよっこと呼ぶなんて。なんて命知らずなのかしら。あんな俺様、私がこてんぱんにしてやりたい。そんな事を思っていると、陛下がニコニコした表情で二人の傍にやって来た。すぐ後ろにはお父様もいる。

「では、今ここで剣術勝負というのはどうかな？　これだけ見届ける者たちがいる場でなら、勝敗もきっちりつけられよう」

この言葉でルトとアッバス王太子との剣術勝負が決まった。

「せっかく勝負するんだ。どうせなら賭けをしようじゃないか。勝った方が聖女を手に入れる。どうだ？」

アッバス王太子が持っていたシャムシールをブラブラと揺らした後、その剣を私に向けた。女性に剣先を向けるなんて失礼千万ですけど。

「アッバス殿。そちらの国ではどうか知りませんが、この国では罪人でもない女性に剣先を向けるなんてあり得ません。それに私のアリーを賭けの対象にするなんて。それ以上アリーを侮辱するような言動を続けるなら、一切の容赦は出来ませんよ」

先程より更に声色を低くしたルトの顔からは、表情が消えている。

「ハッ、なんだ。勝つ自信がないのか？　俺に勝てるというのなら、聖女を賭けたところで問題はないだろう？」

アッバス王太子はそんなルトの変化に気付いていないのか、挑発する言葉を続けた。すると、ルトの周りの空気が蜃気楼のように揺れた。気迫なのか魔力なのか、ゾワリとする空気が流れた。

「わかりました……大変不本意ではありますが、その賭けに乗る事にいたしましょう。ですが、そうなりますと手加減は一切出来ません。腕の一本や二本、失う覚悟をなさってくださいね」

陛下、お父様、お兄様以外の皆がたじろぐ。流石のアッバス王太子もニヤついていた顔を強張らせた。まるで音そのものが消えてしまったかのように、その場がシンと静まった。

『サルドの小僧はバカなのか？　相手の力量も見極められないとは』

いつの間に小さくなったのか、クストーデが私の元へやって来て当然のように腕の中に収まる。

ぷにちゃんは肩の上で通常運転だ。

「困ったね。あの様子では本当に腕を落としかねない、かな」

こちらもいつの間に来たのか、隣に立ったお兄様が不穏な事を言う。

「そうなっても仕方ないとは思うんだけれどね。それでも一応は止めないと」

対峙している二人を見ながら「面倒だね」とボソリ呟く。その顔は少し険しい。多分私の事でお兄様も怒ってくれているんだろう。でも流石にサルド王国の次期国王になる人の腕を切り落とすなんてまずい。本当に止めてくれるのか不安になってお兄様を見つめてしまう。視線に気付いたお兄様は悪戯めいた表情で私を見つめ返し、小さく舌を出した。

「どうせなら腕なんかじゃなくて、大事なところを切り落としてしまえばいいのにね」

……お兄様が怖いです。私は震えた。ぷにちゃんも震えた。クストーデも『お、おお』と言いながら想像してしまったのか、私の腕の中で身を縮まらせた。

「始め」

不穏な空気が漂う中、お父様の合図と共に剣術勝負が始まった。けれど二人とも剣を持ったまま微動だにしない。互いに相手の出方を窺《うかが》っているのかと思ったけれど、少なくともルトはそうではないとすぐにわかった。

「アッバス殿。どうぞいつでもかかってきてください。私はここから一歩も動きませんから。それくらいのハンデは差し上げますよ」

これにはカチンときたのだろう。アッバス王太子の言葉遣いが悪くなる。

「小僧が……ナメた口を利くじゃないか。ならお望み通りにしてやる、よ」

最後の言葉を発するのと同時に、一気に駆け寄るアッバス王太子。フレド王子より動きが速い。あっという間にルトとの距離を詰めた次の瞬間、キィーンと金属のぶつかる音。そしてカランカランと地面を何かが転がる音が響いた。

「凄い……」

思わず声が零れてしまった。勝負はあっけなく片がついてしまった。誰もがこれで終わりだと悟ったはずだ。なのにルトは剣を高々と振り上げている。あっと思う間もなく、ルトの剣がアッバス王太子めがけて振り下ろされた。

『ダメ！』

次に起こるであろう事実に、思わず目をギュッと瞑《つむ》ってしまう。けれど聞こえた音は何かを切りつける音ではなく、ガキーンと激しく金属がぶつかり合う音だった。

「やり過ぎだ」

「もういいでしょう」

ルトの剣を止めたのはお父様とお兄様。三つ巴《どもえ》に重なった剣と静かに響いた二人の声。そして静止画のように動かない三人。こんな時なのにそれを美しいと感じてしまう。時間にしてほんの数秒だろう。無言で見つめ合っていた三人だったけれど、最初に動いたのはルトだった。次の瞬間には笑みを浮かべ「すみません」と言ってあっさりと剣を鞘《さや》に収めたのだ。

「エンベルトの勝利、という事でよろしいかな？」

衝撃的な結末に誰もが動けずにいる中、陛下が皆を見渡した。土の中を浸透していく水のように落ち着いた声音が皆の耳に届くと、覚醒したようにハッとしたナシル殿下が深々と頭を下げた。それに倣うようにサルド王国の全員が頭を下げ、勝負はルトの勝利で終決した。

「いやぁ、まさかこれ程強いとは」

そんな中、腕を落とされかけたとは思えない程陽気な声色で、アッバス王太子は降参を表すように両手を上げルトに向き直った。

「申し訳なかった。エンベルト殿の実力を舐めていた。強いという噂は聞いていたんだがな、まさかここまで差があるとは思っていなかった。俺の完敗だ。全ての非礼を詫びよう。本当にすまなかった」

ガバリと勢いよく頭を下げたアッバス王太子は頭を上げるとニカっと笑い、今度は私の方を向いた。そして私にも頭を下げた。驚いた私は身動き出来ずに固まってしまう。

「聖女もすまなかったな。欲しいとはいえ、賭けの対象にしてしまった」

後の王となる人が部下たちのいる前で、こんなに潔く謝罪するとは思っていなかった。俺様な面はあれど、根本は実直な方なのかもしれない。素直な謝罪に私も素直に頷いた。

「わかってくださったのでしたらいいのです。謝罪を受け入れますので頭をお上げになってください」

そもそも争いを望んではいない訳だし。ちゃんと謝ってくれたし。次にまた何かあった時は、今度こそ私が拳と足で解決するし。

『その時は我も手伝ってやる』

私の思考を読んだクストーデが賛同してきた。およそ聖女と神獣とは思えない解決案に目を見合わせて笑ってしまう。そんな私たちをよそに、アッバス王太子の向こうに見えるルトの顔は面白くなさそうだ。きっとすんなり許した事が気に入らなかったんだと思う。それでも私の意思を尊重してくれ、それ以上何かを言う事はなかった。

晩餐の席はとても和《なご》やかだった。剣術勝負の一件で、サルド王国の面々がこちらを見下すような態度がなくなった。それどころかとても友好的になっている。昨日の敵は今日の友といったところなのだろう。

そしてどういう訳か、ルトとアッバス王太子の間に設けられている席に私がいる。クストーデの席も用意するという話だったのだけれど、これは本人が却下した。「神獣なのだから堂々と座ったらどうか」と説得するルトを鼻で笑って『このサイズでイスに座ったら届く訳なかろう』だって。

何に？　とは敢えて聞かなかったよ。だってわかるもん。そんなクストーデは私が居心地悪い思いをしているというのに、それはそれは幸せそうに私の膝の上でステーキを頬張っている。切り分けているのはぷにちゃんだ。ホント、ぷにちゃんって優秀。そんなぷにちゃんには、私のお肉を切り分けてあげる。美味しさがわかるぷにちゃんは、小さなお目めをキラキラさせていた。もうマジ、可愛すぎて死ねる。

「気になっていたんだがそのスライム、魔物だよな。何故聖女にそんなに懐いているんだ？」

もう何杯目かわからないワインの入ったグラスを手に持ちながら、もう一方の手でぷにちゃんに触れようとしているアッバス王太子が言った。けれど王太子の手は残念ながらぷにちゃんには届かない。食事の邪魔をするなと言わんばかりに、クストーデが近寄ってきた王太子の指を噛もうと口を開いたからだ。

『触るな、鬱陶しい』

辛辣に対応するクストーデは、どうもアッバス王太子の事が気に入らないようだ。

『酔ってる奴に我の食事の邪魔をされたくない』

ぷにちゃん本人は気にせずせっせとお肉を切っている。ルトはなんだか嬉しそうだ。きっとアッバス王太子に対するクストーデの対応に満足しているのだろう。その様子に苦笑しながらも、私は王太子にぷにちゃんとの出会いを簡単に話して聞かせた。

「ダンジョンか。従魔だから浄化されないのか？」

「さぁ、どうでしょう？　ダンジョンの中で他の魔物とも戦いましたが、別に浄化はされていませんでしたよ」

ダンジョンでの事を思い出しながら話して聞かせると、アッバス王太子は「そうか」と言いながら、私に向かって手を伸ばしてきた。すぐにパシッといい音で弾かれてたけど。

「どさくさに紛れて私のアリーに、触らないでいただけますか？」

真っ黒な笑みでアッバス王太子を睨んでいる。そんなルトを見て王太子はククと笑いだした。

「ジュスト殿から聞いていた印象とまるで違うな」

すると、アッバス王太子の隣に座って静かに食事をしていたジュスト殿下が、美しい所作でお肉を切りながら話に入って来た。

「去年、久しぶりにお会いした時は私も驚きました。常に微笑を浮かべクールに振る舞っていたエンベルト殿とは真逆と言っても過言ではなかったですから。それだけアリーが素晴らしい女性だという事なのでしょうね」

この言葉にアッバス王太子は少し驚いた表情をしてジュスト殿下を見た。

「おいおい。ジュスト殿まで聖女に？」

「ふふ、はい。横恋慕です」

ああ、いたたまれない。ルトから冷気が漏れ出している。怖いよぉぉぉ。この冷気を感じ取れないのか、アッバス王太子はまだこの話題を続ける。

「フレドだけじゃなく、ジュスト殿まで。おい聖女、モテモテだな」

ああ、やめて、本当にマジで。右半身が凍えそうだから。ほら、ぷにちゃんも冷気を感じたのかぷるんてしてるよ。

「……やはり欲しいな。本気で欲しい。なあ聖女、サルドに来ないか？」

この空気の中、よくそんな風に誘えるよね。その図々しさ、私にも分けて欲しいよ。フレド王子も平然と誘って来るけれど、それ以上だわ。もしかしてサルド王国の人って皆そうなのかしら？

「勿論、お断りします」

右腕に鳥肌を立たせながらもキッパリと断ると、少しだけ寒さが和らいだ気がした。

ところがだ。この王太子、本当に空気が読めない。

「どうしてだ？　自分で言うのもなんだが、顔はエンベルト殿にも負けていないだろ。国の財源も潤沢だし贅沢し放題だぞ。あれか？　他に妃がいるのがダメなのか？　それとも剣の腕か？　エンベルト殿が怪物並なだけで俺も強い部類に入るぞ。それに、夜は誰にも負けない自信が」

「そうじゃないです。私はルトじゃなくちゃ嫌なんです！」

とんでもない事まで口走る王太子に被せるように、負けじと声を大きくしてしまった。一瞬、会場がシンと静まる。そして一部を除いてほんわりとした空気になった。皆がニマニマしながら自分を見ているのがわかる。自分がとんでもない告白をしたのだと理解した途端、恥ずかしさで一気に顔から身体、全てに熱が宿ったのを感じた。

『これはヤバい！』

そう感じたその時、私の視界が暗くなる。え？　と思うと次の瞬間には座っていたはずの身体が宙に浮いた。

「失礼、少し外気に当たって参ります」

ルトの声がすぐ真上から聞こえる。そして「ぷにっ」というぷにちゃんの声。なにがなにやらわからないまま、私は何処かに運ばれて行った。

「ふう、危なかったです」

ルトの声と共に私の視界がクリアになった。視界が暗くなったのはルトのマントを被せられていたからだった。

「ここって四阿《あずまや》？」

王城の中庭を抜けてすぐにある花園の中、可愛らしいデザインの四阿がある。花園の中は夜でも花を楽しめるようにと、ガス灯のような淡い灯りが周りを照らしていた。

「危うくサルドの連中にも見られてしまうところでした」

私をベンチに降ろし、頭上を見つめながらルトがホッと息を吐いた。若干、吐いた息が熱っぽいのは仕方がない。

「ありがとう、ルト」

ひょっこりと生えているケモ耳に触れる。当然、臀部には尻尾もしっかりあるのが感覚でわかる。私の膝に乗ったまま一緒に揺られて来たクストーデは、何が面白いのかケラケラと笑っている。

『相変わらず制御出来ぬようだな』

「仮に制御出来るようになっても嬉しくはないけどね。それにこれ、いつまで続くの？」

いい加減なくなって欲しい。私、公爵令嬢なんてやってるけど苦手なんだよ、感情を表に出さないのって。ルトが絡むと余計に出来なくなっちゃうんだよ、ルトには絶対に言わないけどね。真剣に終わって欲しいと思っているというのに、クストーデの返事は冷たいものだった。

『我にもわからん。相当呪いとの相性が良かったんだろう。いいではないか。なかなか可愛いぞ』

言っているそばから笑ってるけどね。クストーデの無情な答えにムッとしていると、隣に座ったルトがブンブンと首を横に振った。

「なくならないで欲しいです。出来ればこのまま一生。せめて……せめて夫婦となって堪能するまでは」

　ああ、そんなに瞳をキラキラさせて、言ってる事は変態感満載。私がジト目でルトを見ているのにも気付かずに、ルトの変態発言は止まらない。

「今だって我慢しているんですよ。あらん限りの理性を総動員してなんとか耐えているんです。ふわふわなその耳をこねくり回して、くすぐったさに身を捩《よじ》らせるアリーを眺めたい。そんな想いを必死に堪えているんですよ」

　そんな真剣な顔で言う？　と突っ込みたくなる表情のルトに、私は勿論だけどクストーデも引いていた。

『ヤバさに拍車がかかる一方だな』

「ぷぅに」

　ぷにちゃんまで賛同している。そんな私たちに気付いていないルトの瞳がますます熱を帯びていくのを感じた。これは完全に危険だ。ルトの理性よ、もっと仕事しておくれ。けれど私の願いが叶う事はないのだとすぐに悟る事になる。

「ああ、本当に可愛らしい。アリーの可愛らしさがケモ耳によって数倍、いえ、数十倍に跳ね上がって……もう本当に……堪らない」

　ギャーーー！　襲われるぅぅぅ。

「ぷに！」

心の中で悲鳴を上げたその時、ぷにちゃんがいつものようにルトの顔に顔面アタックをかました。まるで風船ガムを膨らませて割れてしまった時のように、ルトの顔にぷにちゃんが張り付いている。

「危なかったぁ。ぷにちゃん、ありがと。いい子ね」

褒められた事に喜んだらしいぷにちゃんは、ルトの顔面に張り付いたまま嬉しそうにフルフルと震えた。膝の上のクストーデは爆笑が止まらない。

『我もアリーのこの呪いは、ずっとなくならないで欲しいと思うぞ。楽しくて仕方がないからな』

そう言ってますます笑い転げるクストーデに対して、冷静さを取り戻したルトがバリっとぷにちゃんを剥がして溜息を漏らした。

「ケモ耳状態のアリーの可愛らしさが破壊的過ぎて、日に日に理性の崩壊する時間が早くなる気がします。ぷにちゃんがいなければ私は一体どうなってしまうのか……そうでなくても最近頓《とみ》に、アリーに対する独占欲が増しているというのに」

しみじみと言っているけれど、まあまあ恐怖を感じるセリフだよね。でもそのお陰かいつの間にかケモ耳は消えていた。尻尾も勿論ない。

「消えてしまいましたね」

日に見える程気落ちした様子のルトが、なんだか可笑しくて可愛くて。笑いながら「戻ろう」と言って立ち上がった私に「そうですね」と渋々といった感じで腰を上げようとしたルト。そんな彼のおでこに軽くキスを落とすと、驚きの余り大きく目を見開いたまま固まってしまった。そしてほんのりと頬を染め満面の笑みを浮かべシャキッと立ち上がると、ギュムッと私を抱きしめ唇に触れるだけのキスをした。

『やれやれ』

私が急に立ち上がったせいで転げ落ちてしまったクストーデは、溜息を吐きながら私の腰を抱き会場へ戻るルトの肩に乗った。

三章　何故か私が接待係

サルド王国の特使の方々が来て一週間。何故か王国の馬車の中。乗っているのは私とメリー、フレド王子にナシル殿下。そしてアッバス王太子。

「はあぁ」

隠す事なく溜息を吐く私に、向かいで並んで座っている三人の王子たちの視線が集中する。

「こんないい男たちを従えているというのに溜息か？」

アッバス王太子がいつものようにニヤリとした顔つきをして言う。この方は根本的に人を小馬鹿にする質《たち》のようで、一週間も付き合えば嫌味っぽいこの笑みにも慣れる。

「私が従えていると？　とんだ戯言ですわ。従えられているのは私の方です」

だって私、この一週間学校へ行けていないんだよ。ラウリスでさえ戻って行ったというのに、私は自宅と王城を行ったり来たりしているだけ。そして今日は何故か、土産を買いたいから街を案内しろというお達しが出てこの有様だ。ルトが「今日は都合が悪いから明日にしませんか？」と言ったのに明日は他を視察する予定になっているからと、強引に話を進めたのだ。公務でどうしても一緒に行けないルトは、冷気を発しながら直接メリーに私の警護を頼んだらしく、このような状況になっているという訳。

因みにクストーデは火山に戻っている。アッバス王太子たちとの買い物には興味がないらしい。

ルトと一緒に反対しそうなお父様は、何故か何も言わない。お兄様曰く、ルトと二人きりで過ごさせるよりずっといいとの事らしい。「エンベルト殿下に完敗しているからな。ああいうタイプは強さを認めた相手に不義理は働かない」と言って、一緒に行けずに悔しそうなルトを見てせせら笑ってさえいるのだそうだ。

「兄上、兄上は皆の見ている前でエンベルト殿に負けたのだから、アリーにちょっかいをかけるな」

「お前なんてブラジオーガの国民の前で負けているじゃないか」

「なっ、私は一瞬で負けるなんて恥は晒《さら》してないぞ」

「はっ、それはエンベルト殿が加減したからだろう。俺よりお前が強い訳がない」

「私だって成長しているんだ。もしかしたら今は兄上より強いかもな」

「その身長で成長しているだと？　笑わせるな」

馬車の中では絶賛口喧嘩の真っ最中。男の人の口喧嘩ってどうしてこう小学生レベルにまで下がるんだろう。見目がよく似ている二人は言動も少し似ていて、なんかもう面白いからずっとやっていればいいと思う。

「ごめんね。本当に粗雑な二人で」

そんな二人に挟まれているというのに、ナシル殿下は微笑みを絶やさずこちらを見ている。たまに窓に映る自分の姿を見ながら、髪の乱れを整えたりして……そんな姿を見ていると実はこの方が一番食えない人なのでは？　と思っていたりする。ナルシストだけれど策略巡らすのとか好きそうで、参謀というポジションが似合いそう。まるで日本史で出てきた明智光秀《あけちみつひで》みたい……はっ！　この人まさか、実はアッバス王太子を？　謀反なの？　本能寺の変なの？

「お嬢様」

「ぷに」

遠い昔の勉強の内容まで引っ張り出して勝手に驚愕している私を、隣のメリーと膝の上のぷにちゃんが現実に引き戻した。そんな私をずっと見ていたのか、三人の王子はニヤニヤと笑っている。

「聖女様はとっても表情豊かな方だね。とても可愛らしいよ」

「百面相だな。見ていて飽きない」

「聖女殿、何か悩んでいるのか？」

ああ、私ったら。現実逃避も甚《はなは》だしい。

「申し訳ございません。ちょっとあらぬ想像を……」

モゴモゴと口ごもる私に、フッと笑いかけたナシル殿下。

「なんとなくだけれど、聖女様が考えているような事はあり得ないよ、とだけ言っておくね」

魅惑的な笑みを浮かべながら言うナシル殿下。この人怖くない？　恐怖のあまり、思わずメリーの袖を掴んじゃったよ。やっぱり食えない人だわ。

街に到着すると、早速いくつかの店を見て回った。今日の主な目的は宝飾類だそうだ。空間魔法が使える人間がいないそうで、食品系はサルド王国に戻る直前に選ぶらしい。

「宝飾品という事は奥様方にですか？」

男尊女卑が強い国だとは言われているけれど、そういう気遣いはちゃんとあるようで少し見直しているとアッバス王太子から期待を裏切る答えが返ってきた。

「妻たちは勿論だが、他の女たちにも買って行かねばな。奴ら、俺が贈ってやった物の価値で自分たちの優劣を決めているらしいから、同じような価値の物を買わないと。女たちがヒスを起こすと面倒だからな」

「……あ、そうですか」

三人の妃以外に愛人たちまでいるんかい、と頭の中で突っ込む。この俺様、筋金入りの女好きとみた。私にはとてもではないが受け入れられないわぁ、なんて思っていた私はまたもや顔に出ていたようで、ナシル殿下に顔を覗き込まれてしまった。

「到底受け入れられないという顔だね。気持ちはわからないでもないけどね、サルド王国はそもそも一夫多妻制を認めている国だし、王族、しかも王太子ともなればいくらでも女性を妻に出来てしまうんだよ。ああでも、言っておくけれど私は二人の妃以外いないよ。二人とも同じように愛してあげているし。兄上のはただの女好きだけど皆が皆そうなのだとは、誤解しないでいただけると嬉しいかな」

サルド王国は一夫多妻制だ。一夫多妻制を認めている国は他にもある。一妻多夫なんて国もあるのだろう。ガンドルフィンは一夫一妻だけれど、王族は跡継ぎ云々で側妃を娶る事もある。貴族の中には愛人を囲っているなんて人もいるだろうし。わかってはいるけれど、やっぱり嫌だと思ってしまうのは仕方がない。ナシル殿下の二人を同じように愛するっていうのも意味がわからない。

「聖女様がもし私を気に入ってくれたら、誰よりも愛してあげるんだけどな」

髪をクルクルしながら私を見つめてくるナシル殿下。うん、断る。

「私はまだ誰も娶っていないぞ。聖女殿一筋だ」

受け入れられない想いが胸の中で燻《くすぶ》っている時だった。フレド王子のこの一言に、私の中のモヤモヤしたものがスウっと消えるのを感じた。こうやって話を聞くとサルド王国ではフレド王子の方が珍しいタイプなのだろう。

「ふふ、ありがとうございます。でもフレド殿下は私以外の方をちゃんと見つけてください」

いつもなら軽く流す口説き文句だ。でも今は違う。きっとフレド王子なら、素敵な奥様を見つけられるだろうと思いながら真面目に答えた。それなのに、アッバス王太子が茶化すように横槍を入れてきた。

「そうだぞ。聖女がお前を選ぶはずがないだろう。選ぶなら俺だ」

自信満々に言っているけどね、私の答えは決まっているのだよ。

「アッバス殿下だけは絶対にありません」

すると、一瞬目を見開いた王太子だったが次の瞬間、豪快に笑い出した。

「聖女、お前くらいだぞ。俺にそんな拒絶の言葉を浴びせてくるのは。本当に面白いな、お前は。聖女がエンベルト殿の婚約者でなければ、本気で攫《さら》うんだがな……本当に残念だ」

おかしそうにいつまでも笑っている王太子。ナシル殿下も声を殺して笑っている。フレド王子は何に納得したのか、うんうんとしきりに頷いていた。

結局、日が暮れるまでお店を回り、たくさんのお土産を買ったアッバス王太子とナシル殿下。荷物用の馬車にも入らないくらい買うって凄すぎじゃない？　仕方がないので入り切らない分は私の空間魔法で収納する事にした。そのせいで、ここでもまた「空間魔法も使えるのか。やはり欲しい」という一連の流れがあったのだけど、面倒だから全て聞き流しておいた。


翌日。王城に到着した私は、お兄様と共に真っ直ぐにルトの執務室へ向かった。昨日ルトは結局、夜まで仕事をしていたらしい。

「ルト、疲れてないかな。日を改めた方がいいかな？」

並んで歩くお兄様に問いかけると、いつものような優しい微笑みを向けられる。

「大丈夫。アリーの方から会いに行くなんて、殿下にとってはなにより嬉しい事だと思うよ。疲れなんて一瞬で吹き飛んでしまうだろうね」

そしてウィンクしながら、私が持っている箱を指差した。

「それに、早く渡してあげたいんでしょ。きっと喜ぶと思うよ」

私もつられるように箱に視線を向ける。実は今日は二月十四日。前世ではバレンタインデーと呼ばれていた日だ。この世界にそんな風習はないけれど、アッバス王太子たちと街へ出向いた時に、チョコの量り売りを見かけてふと思い出したのだ。そしてメリーに手伝ってもらって手作りチョコなるものに挑戦してみたんだけど……私、前世を併せてもチョコを手作りして渡すのなんて初めてなんだよね。家族もメリーも美味しいって言ってくれたけれど、ルトも言ってくれるかなぁ。そんな事を考えていると執務室の前に到着した。お兄様が扉をノックしようと軽く拳を握った手をあげて……何故かノックしようとしない。なんで？　はてなマークが浮かぶ私に、ちょっと笑ったお兄様が小声で囁《ささや》いた。

「私たち家族はいいとしても、殿下より先にメリーにチョコをあげた事は黙っておいた方がいいかもしれないね」

そう言って何事もなかったかのように扉をノックした。するとすぐに「どうぞ」と柔らかな声が返ってきた。

「じゃあ、私は今日の分の書類を受け取りに行ってくるから、先に入って待っておいで」

そう言って扉を開けると、颯爽と去って行ってしまった。開け放たれた扉の奥には机に向かってペンを動かしているルトの姿が見える。既に仕事を始めているらしく、まだ私がいる事に気が付いていないようだ。俯《うつむ》いているから顔は見えないけれど、サラサラと微《かす》かに靡いている銀の髪が陽の光に当たってキラキラしている。ここ最近バタバタしていたせいか、ルトをゆっくり眺めるのが久しぶりな気がしてぼうっと見つめてしまった。

「ジャン、どうしました？」

いつまで経っても扉が開いたまま中に入って来ない事に疑問を感じたらしく、ルトが顔を上げた。そして私だと気付いた途端、エメラルドの瞳をキラキラと輝かせた。

「アリー、どうしたのです？　もしかして会いに来てくださったのですか？」

席を立ち私の元まで来たルトが、私の右手を持ち上げようとして箱の存在に気付く。

「それは？」

光沢のある白い箱にエメラルド色のリボンをかけたそれと、私を交互に見つめている。自分へのプレゼントなのではないかという期待をひしひしと感じる。

「あのね、今日はね、バレンタインデーって言って、前世では好きな人にチョコをあげる日なの。ふとその事を思い出してね。ルトに渡したいなって思って……頑張って作ってみたの」

言っているうちに顔が熱くなってくる。あれ？　ナニコレ？　チョコあげるのってこんなに照れくさいの？　顔に熱が宿っているのを感じていると、そのまま箱ごとルトに抱きしめられてしまう。

「ああ、アリー。なんて……なんて可愛らしいんでしょう。朝からそのように可愛らしい姿を私に見せるなんて。アリー、あなたは天使のようで実は悪魔なのですか？」

「ルト……相当疲れているんだね」

ルトの言動がおかしい。急に冷静になった私は箱をグイッとルトに押し付けた。

「これ、食べて」

「ぷに」

それまでずっと大人しく私の肩に乗っていたぷにちゃんも、食べろと言っているように鳴いた。

そして拘束が緩んだ隙にルトの手を引っ張り、ローテーブルの方へ移動する。隣同士でソファに座ると、改めて箱をルトに手渡した。少しだけシュンとしながらも箱を受け取ったルトが、丁寧にリボンを解く。そしてそっと箱を開けるとそこには、綺麗に並んだチョコのトリュフが。

「これを……アリーが作ってくださったのですか？　私の為に？」

「うん、初めて作ったの。あ、でもちゃんと美味しいよ。メリーが手伝ってくれたし」

「初めて、ですか？」

私の言葉に少しばかり驚いたような表情になったルトが、ジッと私を見つめる。

「だって……私、前世ではずっと稽古事ばっかりだったし。チョコはお父さんとかお兄ちゃんたちにあげてたけど、いつも買った物だったし」

なんだかちょっといたたまれなくなって俯いてしまう。だって仕方がないじゃない。好きな人なんてできなかったし、身体を動かしてる方が楽しかったんだもん。脳内でブツブツと言い訳じみた事を呟いていると「ふふ」とルトが笑ったのが聞こえ顔を上げる。

「とても。とても嬉しいです」

そう言ったルトの表情が陽に照らされて、とっても綺麗で。本当にこの人は綺麗な人だと改めて感じた。

「一つ、いただきますね」

大事そうに口に入れ、ゆっくり味わうように食べてくれたルトは「美味しいです」と本当に美味しそうな顔をしてくれる。そんなルトを見つめていると、目の下にうっすらと隈が出来ているのがわかった。エメラルドのキラキラした瞳のせいで今まで気付かなかった。本当に忙しかったんだなと思った私の身体は無意識に動き、ルトの両頬を手で包んでいた。そしておでことおでこを触れ合わせ、少しだけ魔力を注いだ。

「ああ、アリーの聖魔法は優しさで溢れていますね」

ルトの頬を包んだ私の手に自身の手を重ねながらルトが言う。瞑っていた目をパチリと開けるとルトと目が合った。間近で見るエメラルドは本当に綺麗。私たちは自然と唇を重ね合わせた。

「ふふ、チョコの味がする」

照れくさくて冗談めかしに言うとルトが嬉しそうに笑った。

「美味しいですよね」

「うん」

「ぷ〜に」

肩に乗っているぷにちゃんが不満げに鳴いた。

「もしかしてチョコが欲しいのですか？」

ルトがそう聞くと、そうだと言うようにプルルンと震えたのを見て、二人で笑った。


次の日。

「わぁ、思った程寒くないのね」

国の南西にある港へ来ていた。大きな湾になっていてその向こうは違う国になっている。冬の海はさぞかし寒いのだろうと覚悟していたけれど、思っていたよりは寒くない。

実はこんなに海を間近に見たのは、現世に来て初めてだったりする。いやホント、ガンドルフインって広すぎない？

「いやあ、神獣様様だな。転移魔法の魔道具は馬鹿みたいに高いからな。助かったよ」

クストーデが転移魔法でまとめてここに連れて来てくれた事で、アッバス王太子は機嫌がいいみたい。それでなくても、ここに来ることを楽しみにしていたらしいので、余計機嫌がいいのだろう。

砂漠と山脈に囲まれたサルド王国では新鮮な魚介類を食べる事はあまりないらしく、是非現地で体験してみたいという事だったようで、ルトとお兄様が付き添う話になったのだけれど、何故か私も連れて来られてしまった。因みにフレド王子は来ていない。留学している身でいつまでサボるつもりだと、アッバス王太子に追いやられたそうだ。私の腕の中のクストーデは先程から鼻をくんかくんかさせている。

『なにやら食欲をそそられる匂いがする』

ぷにちゃんもフヨフヨと身体を動かしている。そういえばなんだかいい匂いがするような気がする。一緒になってくんかくんかしていると、ルトがクスクスと笑い出した。

「ふ、ふふ。きっと浜焼きのお店からでしょう。着いた早々ですが行ってみますか？」

『いいな』

「いいな」

クストーデとアッバス王太子の返事が重なった。なんか息ぴったり？　もしかして二人は似ている部分があるのかも。クストーデは気に入らないようで、不満気にフンと鼻を鳴らしているけどね。王太子はそもそもクストーデの声が聞こえていないから気にするはずもなく「早く行こう」とルトを急《せ》かしていた。ナシル殿下は興味深そうに海を見つめたり、停泊している船を見上げたりしている。そんな殿下にはお兄様が、色々と説明をしてあげている。なんだかんだで仲良くなっているようだ。二人の王子の付き添いで来ていた騎士の二人も、キョロキョロと見慣れない光景に目を奪われていた。

少し移動すると海岸になっている場所に出た。砂浜では浜焼きしている人々が集まっている。テーブルもベンチのような長イスも設置されていて、海上ではヨットや小ぶりの漁船が浮いていた。クストーデは匂いがたまらないらしく、深呼吸をするように深く息を吸い込んで匂いを堪能している。早速いくつか買って食べる事に。

「熱いから気をつけてね」

イカ焼きを持ったクストーデに言う。

『わかっている』

ぷにちゃんは熱くないのか、既に貝を殻ごと食べていた。ふと疑問を口にする。

「ねえ、一応聞くけどクストーデは魚介類を食べても、お腹壊したりはしないんだよね?」

まさに今、イカを口に入れようと大きく口を開けていたクストーデは、そのまま大きく溜息を吐いた。

『アリー、我はドラゴンだぞ。その辺の犬猫と一緒にするな。そなたは本当にドラゴンの偉大さをわかっていないな』

「ごめんごめん」

　わかってはいるんだけど、ついね。一緒にいる時は大抵膝の上か抱えているかだから、なんだかペット感覚で大丈夫なのかな？　って心配になっちゃうのよね。クストーデに謝りながら私もホタテのような貝を食べた。ルトたちも同じタイミングで食べる。そして一斉に無言になり、それから一斉に溜息を零す。なんて美味。とれたてをすぐに、しかも潮の香りを感じながら食べるって最高過ぎない？　あまりの美味しさに暫くは全員、沈黙のまま食べ続けていた。

　お腹も程よく満たされた頃、クストーデとぷにちゃんを波打ち際で遊ばせていると、ルトがなにやら嬉しそうに寄って来た。

「アリー、よかったら船で少し沖に出てみませんか？　この時間帯になるとたまにイルカがやって来るらしいんです」

　なんだか興奮気味に誘って来る。もしかしてイルカが好きなのだろうか？

「ルトってもしかしてイルカが好きなの？」

　疑問を投げかけると、少し照れたような表情をしながら語り出した。

「はい……実はですね、幼い頃にイルカに助けてもらった事があるんです」

「イルカに？」

「はい。あれは八歳になったばかりの頃でした」

　国王と視察という公務に赴いた初めての土地がここで、ドキドキワクワクしていた幼いルトは日差しが強いだろうと、王妃殿下が持たせてくれた麦わら帽子をかぶって船に乗ったのだそうだ。

「その時もですね、イルカが見られる場所に連れて行ってもらったんです」

イルカがよく出没するというポイントまで船で向かったらしいのだが、その時すぐ後ろを小さな船がついて来ていた。しかしこれに気付いたのは船尾にいたまだ若い乗組員だけだったらしく、同じようにイルカが見られるポイントに向かっているのだろうと、大して気にしなかった。しかし、ポイントに到着したのと同時に、小さな船から二人の男が、ルトたちの船に乗り込んで来たのだそうだ。

「父上と私を殺そうと雇われた暗殺者だったんです。まあ……父上の側近である公爵にあっという間に返り討ちにされていましたが」

遠い目でそう言っているルトの表情は少しばかり面白くなさそうだ。

「今なら私だって暗殺者など、余裕で返り討ちにできますが、当時はまだ幼かったもので」

拗《す》ねたようにボソリと呟くルトを見て、少し笑ってしまう。そんなルトに私は続きを促した。

「それで？」

「ああ、それでですね。二人のうちの一人が大きく吹き飛んでしまいまして、その衝撃で船が揺れてしまったんです」

しかも運の悪い事に、船が揺れたタイミングで強い海風が吹き、ルトの帽子が風にさらわれ海へ落ちてしまった。

「当時、ラウリスの世話が大変だった母上とは、あまり一緒の時間を過ごす事はなかったんです。そんな母上が私の為にと用意してくださった帽子だったので、とてもショックで……」

無情にも帽子は海面に揺らぎながら、少しずつ遠ざかっていく。乗組員が飛び込んで取ろうかと提案してくれたが、ルトは申し訳ないからと断ってただ見つめていただけだった。皆に悲しい気持ちを悟られたくなくて、わざと気にしていないフリをしたらしい。そんな時、不意に帽子の周辺の水面の揺らぎ方が変わったらしく、驚いて見つめているとイルカがひょこりと顔を出した。イルカはまるで観察するように帽子の周りをぐるぐると泳いだと思ったら、鼻先に帽子を引っ掛けクルクルと器用に回しながら、真っ直ぐルトの元へやって来た。そして思いきり身を乗り出して、ルトの手元に帽子を差し出した。

「呆気に取られながらも、イルカから帽子を受け取って『ありがとう』とお礼を言いました。そうしたらまるで『どういたしまして』と言ったかのようにキュウと鳴いたんです」

当時を思い出したのか、エメラルドの瞳をキラキラさせながら語っているルトの顔は、少年のように幼く見えて可愛らしかった。初めて見るその表情に、ときめいてしまった私の胸がキュッと苦しくなる。

「あれ以来イルカに会う事はなくて。公務でここまでは来ても、船に乗る時間までは取れなかったので」

これは是非ともルトにイルカを見せてあげたい、一緒に近くで見たい、そう思った私は勿論二つ返事で了承した。

早速、用意された船に乗り込み沖を目指す。急遽用意された船とは思えない二階建ての立派なクルーザーだ。サルド王国の方々も乗せるのだからしっかりした船を用意するに決まっているのはわかっていたけど「こちらですよ」と案内された時は驚いてしまった。しかも魔道具かなにかで対策しているのか、全く揺れを感じない。これなら船酔いになる人は出ないだろう。

暫くすると、イルカが見られるポイントに辿り着いたのか船が止まる。既に数隻の船がイルカの出現を待っているようだった。もしかしたらここの観光スポットなのかもしれない。甲板に設置されている、ソファのひとつに座っているアッバス王太子はワインを飲みながら、ナシル殿下は二階にある操縦室で、船長さんに船の構造を聞きながら待っていた。ところがなかなかイルカは現れてくれない。天気はいい。甲板の先端に立っている私の目にも、海が穏やかである事がよくわかる。決して条件は悪くないはず。ソファに座り、ジッと海を見つめているルトを見るとなんとかしたくなってしまう。

『まさか、クストーデがいるせいとかではないよね』

そう問いかけると、不満気な表情になったクストーデが文句を言う。

『神獣を嫌がる訳がないだろう。そんなに呼びたいのならアリーが呼べばいい』

ハッとしてしまった。そうじゃん、私、聖女じゃん。

『でも、どうやって？』

キューとか言えばいいの？　呼び方がわからない。

『知らん。適当に声をかければいいんじゃないか？』

お腹が満足してソファで丸くなっていたクストーデは、眠る気満々だったせいか塩対応だ。

『冷たい奴め』

文句を言いながらも立ち上がり、手すりを掴んで海を覗き込む。

「おーい、イルカちゃん。お願いだから姿を見せてくれないかな?」

海に向かってそう声をかけてみる。何気に恥ずかしいけれど、もう一度呼びかけてみようとした時だった。私の体勢が危なく見えたのか、ルトが近付いて来て私のお腹に腕を回し、後ろから抱きしめられるような状態になった。

「アリー。そのように身を乗り出しては危ないですよ」

ルトがそう言い終わる直前だった。一頭のイルカがヒョコッと顔を出したのだ。

「!」

ルトが驚きを呑み込んだのが身体越しにわかった。イルカは私たちを見ると「キュキュ」と鳴いた。するとそのイルカ以外に三頭のイルカがまた顔を出した。

「もしかして私の声が届いたの?」

絶妙なタイミングで現れた事に驚いた私はそうイルカに聞いてみると、まるで返事をするかのように「キュ」と鳴いた。

「ありがと、来てくれたのね」

お礼を言えばまたもや「キュキュ」と鳴いた。気付けば十数頭のイルカの群れがクルーザーの周りを旋回している。

「これは……ふふ、凄いですね。なんとも可愛らしいです」

ルトは私を抱いたまま、イルカに優しい眼差しを向けて呟くように言った。そして二人でイルカたちを見つめていると、不思議な事が起こった。

私の肩にいたぷにちゃんが、最初に顔を出したイルカの頭に飛び乗ったのだ。すると十数頭のイルカたちが突然、ジャンプをしたり回転して見せたりとまるでイルカのショーのようなパフォーマンスを繰り広げ出した。もしかしてぷにちゃんが指示を出してるの？　そう思えてしまうくらい、イルカたちの動きはシンクロしていた。

「これは凄いな」

アッバス王太子たちもイルカの圧巻のパフォーマンスに目が釘付けになっている。他の船からもたくさんの歓声が上がっていた。暫くの間、イルカたちは楽しそうに動き回ってから、私たちのところに戻って来た。ぷにちゃんを乗せていたイルカが「キュッ」と鳴くと私に向かって身体を伸ばした。イルカの鼻先が頬に当たりまるでキスをしてくれたようになる。その勢いでぷにちゃんは、私の肩に戻って来た。

「んんーーー」

なんとも言えない喜びが込み上げ、声にならない叫びが漏れ出てしまう。

「ありがとう。とっても、とっても楽しかった」

ギリギリまで身を乗り出し、興奮気味に感謝を伝えるとイルカたちは「キュキュ」と返事をしたように鳴いて海の中へ消えていった。

イルカたちの姿が消えて暫くすると、あちこちの船から歓喜の声と拍手喝采が巻き起こり、一部始終を見ていた船長さんからは「こんなにイルカたちがサービスをしてくれるなんて初めてです」と、こちらも興奮した様子だった。アッバス王太子たちは勿論、ルトも本当に嬉しそうに顔を綻《ほころ》ばせている。

「本当に素敵な体験をさせていただきました。アリーのお陰です。それに可愛らしいイルカに可愛らしいアリーがキスをされる瞬間も、しっかり堪能させていただきましたしね」

ルトの嬉しそうな顔を見て、よかったって心の底から思った。

美味しい海鮮も満喫したし、イルカの素晴らしいパフォーマンスも見る事が出来たし、嫌々来たのが嘘のように、ここに来て本当に楽しかったと思えた。帰路に向かっているクルーザーでも、終始和んだ雰囲気でお茶を飲んでいた。そんな中、お兄様に「で？　イルカの感触はどうだったの？」と聞かれ、頬に触れ、思い出しながら感じたままを答えた。

「思ったよりゴムだった」

四章　孤独な魔馬

海に行ってから数日後、サルド王国の一行は帰って行った。最初こそ挑発的だったけれど、ルトに完敗してからは私の事絡みで揶揄《からか》う事はあっても、外交という観点からは非常に誠実に対応していたようで、このまま良好な関係が続けば友好国として条約を締結する事になるだろうとお父様が話していた。その前に近いうちに一度、サルド王国へ訪問する必要があるとの事で、これから計画を立てるのだそうだ。

やっと学校へ通えるようになった私は、久しぶりの学校生活を満喫すべく食堂へと足を運んでいた。

「はあ、久しぶりだわぁ。気の置けない仲間たちとの食事は最高よね」

そう言いながらチキンステーキを頬張る私に、ステーキを切り分けているラウリスから突っ込みが入る。

「そこまで久しぶりではないだろう」

「いいじゃないのよ。私的にはもう何ヶ月も昔に感じるの」

いつも私を挟んで言い合いをするルトとアッバス王太子を思い出し、チキンを刺したフォークを見つめながら溜息を吐く。そんな私の癒しとなるジュリーは、私と同じメニューのチキンを一生懸命頬張っている。彼女の姿にニヨニヨと頬がだらしなくなったところで、ナプキンが勝手に動き私の口元を拭いた。

「え？　いやだ。ありがとう、ぷにちゃん」

先生の許可を得て、ぷにちゃんも学校生活の仲間入りを果たしていた。クストーデは流石に来ていない。自分の巣に戻って行ってしまった事で、ぷにちゃんのお世話したい人が私になっているという訳だ。そんなぷにちゃんにもあげようと、チキンを切り分けているとチアが質問してきた。

「今回が初の公務という事になるのよね。どうだった？」

公務？　チキンをフォークに刺したまま私の動きが止まった。あれって公務だったの？　他国の王族の接待は言われてみれば確かに、ルトの婚約者になって初めての公務だったと言えるのかもしれない。ま、公務というよりは、遊び相手にされただけという思いが強いけれどね。

「疲れた。その一言ね」

俺様で周りを振り回す女好きと、ナルシストなのに得体の知れない参謀。うん、無理。

「まあ、確かになかなか癖のある人たちだったたな。フレド殿が普通に感じたくらいには」

ラウリスも苦笑する。

「いい方たちではあるのだけれどね」

ジュリーはクスクス笑いながらそう言うけれど、一つもフォローになってないからね、それ。

「でもまあ、楽しかったかな」

頬張ったチキンをゴクンと飲み込んだ私は、小さく呟く。そして、見送りの時の事を思い出していた。

王城の入り口。馬車が同時に何台か迂回出来るようにと開けた場所になっているほぼ中心に魔道具が設置されている。大きな転移魔法の陣を張る為の道具なのだそうだ。ガンドルフィン王国とブラジオーガ王国との国境まで移動出来るらしい。

「早く友好条約を結ぼうじゃないか。そうすれば、いつでも聖女に会いに来れる」

今は転移魔法で互いの国境を越える事が出来ない。正式な友好国となれば、直接転移する事が出来るようになるという訳だ。アッバス王太子はいつものように、ニヤリとした笑みでそう言いながら私に触れようと手を伸ばしてきた。けれど、その手から守るようにルトがスッと間に入って来る。

「友好国になったとしても、簡単にアリーに会えるとは思わないでくださいね。今回は黒い箱の一件があったからであって、あくまでも特別な状況下だったという事を忘れないように」

そんなルトに王太子は楽しそうに笑った。

「わかっているさ。エンベルトを敵に回すなんて恐ろしい事はしない。だがなぁ、欲しいと思うのは仕方がない。聖女がいれば変事にも対応出来そうだしな」

瞬間、ルトの纏《まと》う空気が黒くなる。

「アッバス。あなた、まだアリーをモノ扱いするおつもりですか？　今すぐにでも五体満足で帰れなくして差し上げる事も出来ますが？」

けれどアッバス王太子の方は黒い笑みを向けられているにもかかわらず、ニヤニヤしながらポーズだけは降参している体を装う。

「悪かったって。最近どうも国の周辺で不穏な空気を感じてな。あの黒い箱もその一端のような気がするんだ。だから聖女が俺の元にいてくれたら――」

それ以上言葉を紡げなくなった王太子が再び降参のポーズを取った。何故って……ルトの剣が王太子の顔の前に突きつけられたから。

「ふふふ、俺の元？　やはりどこかしら切り落としておきましょうか？」

「悪かった、悪かったって」

ううんと、なんか楽しそう？　いつの間にかお互いに敬称なしで呼び合っているし。すっかり仲良しさんになったんだね。他の面々も同じように思っているのか誰も仲裁に入る事もなく、二人のじゃれ合いを見守っていた。魔法陣に消えた一行を見送った後のルトはなんだか少しだけ寂しそうに見えて……少しでも慰めになればとそっとルトの手を自分の手に絡ませると、ルトは握り返しながら持ち上げて、その手にキスを落として言った。

「やっと五月蝿《うるさ》いのがいなくなりました」

「そうだね」

それだけ言って、私はキュッと手を握り返した。

あの時の寂しそうなルトの表情を思い出しつつ再びチキンを頬張る。ああいう時に上手い慰めの言葉が浮かばない私って、まだまだなって少しだけ自己嫌悪に陥ってしまう。

それから暫くは平和な時間を過ごした。ぷにちゃんもすっかり馴染み、今やクラスのアイドルだ。皆にお菓子をもらって毎日プルプルしていた。


そんなある日。久々に学校に来たルトから呼び出された私は放課後、教員室へと向かった。執務室ではなく教員室へ呼んだという事は、何か学校関連の事で呼び出されたという事だろう。けれど私は別に呼び出されるような事はしていない……はず。一体何事だろうかと、少しばかり緊張を感じながら教員室の扉をノックした。

「アリー、待っていましたよ。どうぞ、お入りください」

出迎えてくれたルトの表情はいつもの優しいルトだ。とりあえず悪い事ではないとホッとする。

教員室の奥にある扉をノックしたルトは、そのまま扉を開け中へと入った。中には乗馬担当の先生が座っていた。

「ああ、アレクサンドラ嬢。わざわざすみません」

「いえ、とんでもございません。それで、どうされましたか？」

向かいのソファへ促され座ると「早速ですが」と話をされた。

「魔馬、ですか？」

先生の話では最近になって魔馬が学校に寄贈されたのだが、どう扱っていいものか困っているとの事だった。偶然、怪我をして弱っている魔馬を見つけた貴族が治療をしたのだが、怪我はよくなったものの、魔馬は誰にも懐く事なく次第に暴れるようになってしまった。野生に返した方がいいのだろうかと厩舎《きゅうしゃ》の扉を開け放しておいても出て行く事はせず、だからといって人に慣れる事もなくただ暴れるという行動を続けるので、とても面倒見きれなくなってしまい学校へ寄贈したのだという。

確かに魔馬は簡単に人に懐くような事はない。王城にいる魔馬はルトがずっと世話をしているからこそ慣れている訳で、本来は魔物の一種なのだから大人しく飼われるなんて事はないのだ。

「もしかして群れでイジメられていたのでしょうか？」

厩舎を開け放しても自分から出て行かないのなら、元いた場所に戻りたいという願望はないと捉えるのが妥当だろう。そうなると心に傷を負っているのかもしれない。

とはいえ、魔馬は野生で生きる上では一定の群れを作る種族なので、一頭で生きて行くことは無理だろう。ならばここで他の馬たちと共に生活出来るようになるのが一番いい。そこで、私の聖女としての力でなんとか出来ないかという内容だった。

正直、何をどうすればいいのかなんてわからない。聖女だからって心を開いてもらえるという確信はない。それでも放っておく事は出来ないので、一度様子を見るべく魔馬の元へ向かう事にした。

厩舎へ向かうと馬たちは皆外に出て思い思いに過ごしているようで、走り回ったり草を食《は》んだり仲良さげに身を寄せ合ったりしている。そんな馬たちの中に魔馬らしき馬は見当たらない。

厩舎の中にいるのだろうかと中に入ってみると、一番端の馬房でジッと一点を見つめて動かないでいる魔馬の姿があった。引き締まった身体は黒色。けれどあちらこちらに決して小さくはない傷痕がある。銀色の鬣《たてがみ》は長い間櫛《くし》を通していないのか、ボサボサで所々が絡まっていた。馬房の柵は外されているにもかかわらず、まるで縫い付けられているかのようにピクリとも動かない。

「あれ？」

私は違和感を覚えた。なんだか少し気持ち悪い感じがする。口を手で覆った私に、ルトが訝しげな表情をした。

「アリー？」

「なんだろう……あの子に近付くにつれて気持ちが悪くなる気がする」

素直に感じたまま伝えるとルトは私の腕を軽く引いて、歩みを止めた。

「大丈夫ですか？　一度戻りましょうか？」

心配そうな表情で私を見るルトに、首を横に振って微笑む。

「大丈夫よ。ほんの少しだけだから」

それにしても、この感覚は少し前にも感じた気がする。ルトも同じように思ったのか、眉を少し顰《ひそ》めた。

「もしかして、あの箱が近くにある時と同じように、という事ですか？」

「そう、そんな感じ」

魔馬との距離は二メートルないくらい。普通であれば魔馬はとっくに私たちの存在を感じ取っているはずだ。なのにジッと地面を見つめたままこちらを見ようともしなければ、耳を傾ける事もない。明らかに普通ではない。

「ルト、お願い。ルトはここで待っていて」

あの魔馬がどう動くか全く想像出来ない。いくら魔馬の扱いに慣れているルトでも、あの魔馬からすれば得体の知れない敵だ。勿論私だってそう。だからこそまずは私一人が聖女の力で魔馬と対峙しなければ。そう思っての願いなのだけれど、ルトが簡単に納得するはずもなく否と即答されてしまう。

「魔馬がどう出るかわからないというのに、アリーを一人で近付けさせられる訳がありません。魔馬が暴れ出したらどれ程危険かわかっているのですか？」

それでも私は一人で対峙する意思を曲げなかった。暫く押し問答を続けていたけれど、最終的に折れたのはルトだった。

「本当にアリーは一度決めたら梃子《てこ》でも動かないのですから……わかりました。ここで大人しく待ちます。ですが、アリーが危ないと判断した時は勝手に動きますからね」

大きな溜息とともにそう答えたルトは軽く私をハグした後、腕組みをして壁に寄りかかった。魔馬は相変わらずジッとしていてこちらを見ようともしない。私は慎重に近付いていく。あと一歩で魔馬の目の前に出る、そんな時だった。今まで地面を見ていた魔馬の視線がこちらに向く。

「わぁ」

思わず感嘆の声が漏れる。王城にいる魔馬はどちらも黒い瞳だったが、この魔馬は綺麗な緑色。銀の鬣にエメラルドの瞳……まるでルトのよう。なんて綺麗な子なんだろう。

この瞬間、気持ち悪さも気にならなくなった。そしてごくごく自然に手を伸ばしていた。

「なんて綺麗なの」

動かないままの魔馬の鼻筋に手を置いた途端、自分の意思とは関係なく、身体の中の魔力が流れるのを感じた。すると、まるで当然であるかのように魔馬の身体へ吸い込まれていく。金色の光は魔馬の全身を輝かせながら膜を張るように包み込み、一度だけ眩《まぶ》しい程強く輝いたかと思うとすぐに消えた。すると、魔馬から感じた気持ち悪さが消える。そして、今の今まで地面をただ見つめ続けていた魔馬が顔を上げ私を見たのだ。生気が戻り先程よりもキラキラと煌《きら》めいているエメラルドの瞳は、しっかり私を捉えている。

「よかった。もう大丈夫ね」

説明は出来ないけれど、何故かはっきりそう感じた。魔馬はいまだに鼻先に触れている私の手に甘えるように擦り寄ってくる。その姿が妙に可愛らしくて、私は何度もゆっくりと撫でた。

「どうやら元気になったようですね」

肩にぷにちゃんを乗せたルトが、いつの間にか私のすぐ横に来ていた。けれど魔馬は怯《おび》える様子も暴れる素振りもない。それならばと、私たちは魔馬のブラッシングをする事にしたのだった。ルトは身体全体、私は鬣。そしてぷにちゃんは魔馬の背中に乗り、その背中を一生懸命にブラッシングしていた。

「見事な毛並みですね」

ブラッシングを終えた魔馬はとても美しかった。あちこちあった傷痕も消え、濡羽色《ぬればいろ》になった身体に、陽に透け輝く銀色の鬣、エメラルドの瞳は鮮やかに発色している。この美しさは王城にいる二頭にも負けないと思う。

これなら数日もあれば外に出す事も可能だろうと考えていると、二頭の馬が厩舎に戻って来た。何か感じたのか真っ直ぐこちらに向かって来る。そして魔馬の少し手前で一度足を止め、ゆっくりと近付く。魔馬も抵抗するような素振りもなく、二頭の馬を見ている瞳は優しさすら感じられる。魔馬の目の前までやって来たうちの一頭が鼻先を魔馬に近付けた。魔馬もそれを受け入れ鼻先同士を近付ける。無事に挨拶を交わし終えると、互いにグルーミングを始めた。もう一頭とも挨拶を交わす事が出来、これは明日からでも一緒に外で過ごせるようになるに違いない。私とルトは顔を合わせ、ニッコリと微笑み合った。


翌日。休憩時間に一人で魔馬の様子を見に行ってみると、外で他の馬たちと走り回っている魔馬の姿を見つけた。柵の上にはその様子を見ているクストーデがいる。私に気付いたクストーデは魔馬を見つめ続けたまま話しかけてきた。

『やはりあの黒い箱が腹の中にあったようだ。微かだが痕跡を感じる』

「やっぱりそうなんだ」

思っていた通り、魔馬に近付くと気持ち悪くなったのは黒い箱のせいだったようだ。

「これで三つ……」

黒い箱の存在に少し気味の悪さを感じた時だった。私に気付いた魔馬が嬉しそうに駆けて来た。一瞬、クストーデを見たけれど気にしていない。首を下げ鼻先に伸ばした私の手を嗅いでそのますりすりしてくる。大きい姿で甘えてくる仕草が可愛くて、頬から鼻先を何度も撫でると気持ちよさそうに目を閉じた。他の馬たちも集まって来たので順番に撫でてあげていると、魔馬は私の首元に自身の首を絡めるようにして来た。まるで抱きつかれたようだ。

『此奴、ヤキモチを焼いているぞ。相当アリーを気に入ったようだな』

「ぷに」

ぷにちゃんもそうだと言うように鳴く。

「ふふ、可愛い」

首を軽くトントンとしてあげると、お返しとばかりに頬をすりすりしてくるのがまた可愛い。

そんな私たちを見てクストーデがボソッと呟いた。

『銀の鬣に緑の目、そしてこの独占欲。なんだか誰かを思い出させるな』

「ぷにぷにぃ」

二人の呟きに、私は思わず笑ってしまった。

☆☆エンベルト視点☆☆

　父上の執務室。机の上にドカリと座っているドラゴンは、意地の悪そうなニヤけ顔をこちらに向けている。このドラゴン、本当に神獣なのかと疑いたくなる時が度々あるのは私だけだろうか。

「つまり、学校に寄贈された魔馬の体内に黒い箱があった、という事で間違いないのですね」

　神獣に対し恭しく接する父上がいる手前、文句の一つも言いたいという思いをグッと堪えドラゴンからの報告に答えた。

『ああ、大方落ちている箱を餌か何かと間違えて飲み込んでしまったのだろう。しかしアリーが浄化したお陰で今はすっかり元気だ。それはもうアリーにベッタリと甘えていたぞ。他の馬たちに嫉妬する程にな。色のせいか、なんだか既視感を感じてなかなかに面白かったな』

　ニヤニヤしながら答えるその姿は、決して神獣などではない。私には悪魔の化身にしか見えない。苛立つ私に構わず話は続いた。

「ブラジオーガ、サルド、そしてガンドルフィン。これで三国で発見されたという事になりますね」

　宰相であるマルケッティ公爵が眉間に皺を寄せながら父上を見れば、父上はそれに応えるように頷いて私を見た。

「その魔馬はどこで発見されたのだ？」

魔馬は数そのものは決して多くはないが、特にここと生息地が決まっておらず国の何箇所かで生息が確認されている。

「ブラジオーガとの国境に近い領地でだそうです」

学校から聞いた情報を伝えると、父上の眉間にも皺が寄った。

「発端はブラジオーガだが、だからといってブラジオーガが他国にばら撒いているとは考えにくい。一体何処から入って来たのだろうか？」

この疑問に答えられる人物はここにはいない。サルドの連中が帰る時、アッバスが何か勘付いているような気がしたが、確信がないからなのか出所に関してはわからないと言っていた。

「誰かが意図してばら撒いていると考えるのが妥当なのだろうな。あのような物が自然発生する訳がないのだから」

心の中で舌打ちする。自らの意思で手に入れたであろうブラジオーガの王弟を、とっとと処刑させなければ入手先がわかったかもしれない。まさか、あの箱が他にも存在していて他国にまで出回る事になるとは思ってもみなかったのだ。あまりにも幸せ過ぎて平和ボケしていた。冷静に先の先まで見通す事を怠ったのだ。

そんな悔恨を抱いた私の肩に、ジャンネスが手を置いた。言葉を発する事なく、けれど力強いその手に落ち着きを取り戻す。過ぎた事を悔やむより、これから何が起こるのか見極める事の方が重要だ。私は小さく深呼吸をした後、ここにいる皆を見渡した。

「まずは、周辺の国で同じように黒い箱が発見されていないか確認を取りましょう。もしもあの力が発動してしまったら、その国だけでなく周辺の国まで危険に見舞われるのは必至です」

　三国を中心に周辺の国を調査する必要がある。だが、何処かの国が箱に関わっている可能性は否めない。慎重に事を進めなければいけない。しかも迅速に、だ。でなければ私のアリーは既になにかを勘付いているだろうから、いつ自ら事件に首を突っ込むかわからない。

「はあ、やはり鳥籠が欲しいですね」

　思わず口をついて出た私の言葉を、クストーデにしっかり聞かれてしまう。

『鳥籠に閉じ込めたとて、我のアリーは自らその檻《おり》をぶっ壊すだろうがな』

　イラっとしてしまう。私と会話する時にだけ度々我のアリーと言うのだ、このドラゴンは。

「私のアリーです」

　苛立ちを隠す事なくドラゴンに向かって言ってやると、他の場所から冷気が流れるのを感じた。

「まだ、だ」

　ヴィストリアーノ公爵だ。公爵は射殺さんばかりの視線を私に向けていた。本当に全く……私には一体何人の敵がいるのだろう。私のアリーはどれだけの男たちを魅了するのだろう。

『まあ、何人いようが潰していくまでですがね』

　箱の事などすっかり忘れ、そう心の中で決心するのだった。

☆☆☆☆☆

放課後、皆も連れて放牧されている魔馬を見に、校内の厩舎へやって来ていた。

「はあぁ、綺麗ね」

うっとりとした表情で走っている魔馬を見つめているチアから、恍惚とした声音が漏れた。チアは昔から魔馬が好きなのだ。魔馬の色とりどりの姿が美しいのだそうだ。

「ロザ、まるであなたの黒髪のように美しいわね」

隣で一緒に見ていたロザーリオがピキリと固まった。彼の顔がみるみるうちに赤く染まっていく。

「チ、チア。と、突然何を言い出すんです？」

急に褒められた事で照れたのだろう。かなり動揺しているようだ。そんなロザーリオの姿に皆でクスクス笑ってしまう。

「ロザーリオ、良かったな」

揶揄うように笑うラウリスに、ロザーリオは「五月蝿いですよ」とそっぽを向いた。私たちの笑い声が聞こえたのか、魔馬がこちらに一目散に走り寄って来た。そして私の顔に鼻先を近付ける。

「今日は私の友達を連れて来たのよ」

そう言いながら鼻先を撫でると、その手に甘えるように擦り寄ってくる。そしてチアから始まって、皆に順番に挨拶をしてもらうと魔馬は嬉しそうにエメラルドの瞳を細めた。他の馬たちも楽しそうな雰囲気を感じたのか、寄って来て更に賑やかになる。そこへヘルトがやって来た。

「楽しそうですね」

ゆっくりと近付いたルトは、当然のように私の腰を抱く。

カーン。聞こえるはずのないゴングの音が聞こえた気がした。魔馬は私の頬に擦り寄りながら時折、肩を突くような行動をする。

「もしかして撫でて欲しいの？」

そう聞くと、魔馬はそうだと肯定しているように、エメラルドの瞳で私を見つめる。私も魔馬の要望に応えるように鼻や頬を撫でてあげた。すると、ルトが私の片方の手を掴むと指先や掌にキスを落とし出したのだ。魔馬は不満があるのか前足でカツカツと地面を踏み鳴らす。

「どうしたの？　もっと撫でろって事？」

そう問いかけるとそうだと言うようにブルルと鳴いた。

「ちょっとだけいい？」

私の片手を掴んでいるルトに聞くと、不満そうな表情を隠す事なく、渋々といった感じで手を離してくれた。両手で魔馬を撫でると、嬉しそうに受け入れる魔馬。そんな魔馬の視線は私ではなく、ルトに向けられていた。

「チッ」

小さく舌打ちしたルトは、魔馬を撫でている私の背後に回り背後から抱きしめてきた。そしてわざとなのか耳元に口を寄せて「お茶にしませんか？」と聞いてくる。魔馬は明らかにイラつきを見せ、私の首元に自身の首を絡ませた。そうなると必然的に私とルトの間に魔馬の顔が入り込んだ体勢になる。

「チッ」

再び聞こえる舌打ちに背後で見ていたラウリスたちから、呆れたような溜息や笑い声が聞こえる。私も小さく溜息を吐いた。

「なんなの？　この闘いは？」

そしてこれは私と魔馬とルトが揃うと起こる恒例行事となるのだった。

◆◆◆◆

暖かくなり花々も色取り取り咲き始めた頃、突然全く交流のない国から手紙が来た。そして何故か私は王城へ。出迎えてくれたルトと共に通されたのは陛下の執務室。否が応でも緊張してしまう。

「すまないな。せっかく学校へ戻って楽しく過ごしていただろうに」

すまなそうに気遣ってくれる陛下の優しさに、私は頭を下げた。

「とんでもございません」

そう言った私に、陛下は一通の手紙を差し出してきた。隣にいたルトがその手紙を受け取り先に読んだのだけれど、読み進める度に執務室の温度が下がっていく。アッバス王太子との初対面の時ですら、ここまで寒くはならなかった。一体どれ程の内容が記載されているのか。想像するだけで恐ろしくなる。黙ってルトを見つめていると読み終えたルトがチッと舌打ちをし、陛下を見た。

「それで？　戦争ですか？」

え？　戦争？　手紙ひとつで？　私は慌ててルトの手で握り潰されかかっている手紙を奪おうと手を伸ばした。けれどすいっと上に持ち上げられてしまう。

「アリーは読まなくていいですよ。読む価値もありませんから。こんな手紙を寄越してくるような国は、私がすぐに潰して差し上げます」

いやいや、物騒過ぎ。ところが陛下の横からと背後からも賛同の声が上がる。

「今回ばかりは殿下に賛成だ。なに、私一人で充分。すぐにでも行って潰して来よう」

「いいえ、父上が出張るまでもありません。私にお任せください。二日もあれば充分でしょう」

賛同したのはお父様とお兄様だ。これはもう、私について何かよくない事が書かれているに違いない。でも、見るなと言われると見たくなってしまう訳で、なんとかして奪おうと試みるが右へ左へと上手く躱《かわ》されてしまう。

「もう。ルト、見せて」

「ダメです。こんな低俗なもの、アリーが見る必要なんてありません」

そんな時だった。ポンっと何かが弾けるような音と共に、クストーデが現れた。と同時にルトの手から手紙を奪う。突然の神獣の出現にもかかわらず、誰も驚いていない。もしかしてよくある事なのかな？　クストーデったら陛下の執務室にまで神出鬼没？　そんな風に思っている間にクストーデは手紙を読み進めていた。

『なんだ？　この失礼極まりないものは』

「見せて」

ルトが動く前にクストーデから手紙を受け取る。月並みな挨拶から始まった文面を読み進めると、確かにルトたちが怒るはずだと納得せざるを得ない内容が綴られていた。

【貴国に聖女が現れたという噂を耳にいたしましたが、残念ながらそちらの聖女は偽物であると言わざるを得ません。我がアルーバ神国には二年程前から、神に遣わされた正真正銘の聖女『救いの巫女』がおります。突然現れた聖女がさも本物であるかのように振舞う事にも、そんな偽物に騙され世間が騒いでいる現状にも憤りを感じております。そこで、不躾ではありますが物申すと同時に、我が国の『救いの巫女』が本物であると証明しつつ、巫女の素晴らしさをお伝えしたく――】

「私って偽物なの？」

あまりにもあり得ない内容、怒りもなにも感じず純粋に疑問だけが浮かぶ。

『そんな訳ないだろう。それだけ神と同じ力を感じる人間が聖女ではないなど。神獣である我が従っているのが、アリーが聖女である証だ』

そうだよね。あれ？　でもお父様の命令も聞いてる時なかったっけ？　などと若干の疑問を残しつつも納得する私。そこで陛下が落ち着いた声色で話を進めた。

「我が国の聖女を偽物と言い張り、自国の『救いの巫女』なる者こそ本物の聖女であると。実証する為に我が国への訪問を願い出ているこのアルーバ神国の連中をどうするか。それを皆で相談したいと思って呼んだのだ。アレクサンドラ嬢はどうしたい？」

「私、ですか？」

私に一番に質問がくるとは思っていなかったので、驚いて言葉がすぐに出なかった。けれど一方的にバカにされるのは納得出来ない。

「私は別に聖女である事に執着はしておりません。ですが、全く交流もない知らない国に蔑まされる所以《ゆえん》もございません。私が偽物であると、その『救いの巫女』が本物であるというのなら。実証するというのであれば受けて立つ所存ですわ」

私の言葉に陛下がニヤッと笑った。初めて見るその笑みに、ルトの面影が見えた気がした。アッバス王太子の時も思ったけれど、やはりルトの父親なのだと実感してしまう。


話が終わって私はルトの執務室へ移動した。ソファに座るとすぐに侍女がお茶を淹《い》れてくれる。陛下の執務室での話し合いは、私を偽物だと蔑んだアルーバ神国の使節団をガンドルフィン王国に招き入れる事でまとまった。

「全く。アリーをバカにするような国など、とっとと潰してしまえばいいのに」

ルトは全く怒りがおさまらないらしく、ずっとこの調子だ。お兄様は落ち着いたようでルトを見てクスクスと笑っている。クストーデとぷにちゃんはルトの事などお構いなしに、侍女が持ってきたお菓子を満足そうに食べている。

込んだ。

「そもそも『救いの巫女』ってなんですか!? よくわからない名前を付けて、偉そうに上から」

ブツブツと止まらない文句に、見兼ねたのかぷにちゃんが砂糖漬けのイチゴをルトの口に放り込んだ。

「!?」

驚いたルトだったが、口の中に広がる甘酸っぱさに一瞬、大人しくなった。

「とにかく、招待する事は決定事項なんだし、向こうがどう出るかでこっちも対応を考えたらいいんじゃないかな」

ルトの手を握り、顔を覗き込みながら言うと「そう、ですね」と渋々ながら納得してくれた。

サルド王国の時だって最初こそ啀《いが》み合ったりしたけれど、結局は仲良くなった訳だし。きっとなんとかなると、その時は楽観視していたのだ——。

五章　救いの巫女

今日はアルーバ神国から『救いの巫女』と呼ばれている聖女がやって来る。彼女は私と同じように聖なる魔法を持っているという。私を偽物呼ばわりする事にはちょっと腹が立つけれど、今はワクワクしている。自分以外に聖魔法を持っている人を見た事がないから見てみたいという純粋な好奇心だ。デルフィーナ嬢は魅了ばかりで本当に聖魔法を持っているのかわからないままだったし。もしかしたら気が合って仲良くなれるかもしれない。そんな期待を膨らませつつアルーバ神国の一行が来るのを今か今かと待っていた。

王城全体の空気がサルド王国が来た時よりもピリピリしている。それはまあ仕方がない。私を偽者呼ばわりしている国の面々が来るのだ。緊張感が漂うのも当然の事だろう。

まあ、私自身はあまり気にはしていない。別に聖女という立場に固執している訳でもないし、聖女かどうかで私の価値を決めるような人もいないし。それよりも私以外の人の聖魔法を見てみたい。期待と少しの緊張が私の中で膨らんでいた。

「心配などする必要は全くありません！　アリーは誰がなんと言おうとたくさんの人々を守った聖女なのですから」

私の緊張を解《ほぐ》そうとしてくれているのか、ルトが私の手をキュッと握りながらそう言ってくれた。

いた。

「ぷに！」

ぷにちゃんも肩の上で応援してくれる。周りを見れば他の皆も優しい眼差しで私を見てくれていた。

訪れたアルーバ神国の使節団はかなりの人数だった。サルド王国の時の倍以上はいる。そんな軍団の先頭に立っているのは教会の人なのだろうか。白と金を基調とした豪華な司祭服を着ている人物だった。

「この度は招き入れていただき、ありがとうございます。私はエリアと申します。アルーバ神国大教会の大司教として神に仕えさせていただいております」

赤みがかった暗い紫の髪に黒い瞳のその男性は、全体的に落ち着いた雰囲気で穏やかそうに見える。大司教というわりに、年齢は若そうな事に驚いてしまう。大司教でこんな若い人は初めて見る。きっと優秀なのだろう。ま、教会においての優秀の基準なんて知らないけど。そんなしょうもない事を考えている私に、エリア大司教が話しかけてきた。

「あなたが聖女様ですね……なるほど、確かになにやら特別な力を感じます。ですがそれだけですね。我が神国の巫女とはだいぶ異なるようです」

おっと、いきなり喧嘩を売られている？　売られた喧嘩は買う主義だけれど、流石に国同士の交流でいきなり殴るなんて事はしない。何も聞こえなかったかのように微笑んでみせるだけだ。

暫く無言で私を見つめていた大司教は、これまた何事もなかったように話を進めた。

「早速ですが、こちらがアルーバ神国の『救いの巫女』澄香《すみか》様でございます」

大司教の後ろに控えている何人もの白と青の騎士服を着た騎士たち。その中から一人の女性が出て来た。ダークブラウンの髪に黒い瞳。その女性を見た私は口をポカンと開けたまま固まってしまう事になる。だって、白衣に緋袴《ひばかま》の姿なんだもの。これって正に巫女装束ってやつじゃない？　流石に草履《ぞうり》ではなく黒いブーツのような物を履いてるけれど、完全に神社でお守りを売っている人たちと同じ姿だ。「救いの巫女」だから巫女姿なのかな？

髪型は高い位置のツインテールで真っ赤なリボン。えっと……微妙過ぎてどう反応すればいいのかわからない。想像を超える姿に驚き過ぎて言葉が出ないながらも「ようこそおいでくださいました」とだけなんとか言った。けれど私には目もくれず、完全無視した巫女姿の女性はルトの目の前に立った。この国の人たちはやっぱり喧嘩売ってるんですかね？　ルトとお兄様も笑みを浮かべながらこめかみをヒクつかせている。お父様はこの場にはいない。タイミングがいいのか悪いのか。急な公務が入ってしまった陛下に付き添って数日間は不在なのだ。これ、お父様がいなくて良かったよ。

「救いの巫女やってる澄香って言いますぅ。スミカって呼んでね」

ルトの正面で顎ピースからの上目遣い。直感的に私は思った。

『この人、生粋のぶりっ子だ』

ルトの方は目の前で謎のパフォーマンスを見せられたせいで、愛想笑いすら消え無表情になってしまっている。その背後でお兄様の肩が小刻みに震えているのが見える。わかる、わかるよ。

私だって許されるなら笑ってしまいたい。まあ、姿を消した状態で、すぐ近くで転げ回っているドラゴンとスライムはいるんだけどね。

軽い修羅場になっている私たちに気付いているのかいないのか。大司教は穏やかに笑みを浮かべたまま巫女を見守っていた。そして、巫女の代わりに説明を始める。

「澄香様は我がアルーバ神国が崇拝している神によって、異なる世界からこちらの世界に喚び出された素晴らしい方なのです。神と直接対話が出来、神の力を授かっている唯一無二の方なのですよ」

それはそれは誇らしげに語る大司教に、うんうんと頷く巫女と騎士たち。

「神がこちらに喚び寄せたと？」

ルトが訝しげな顔になる。ルトだけじゃない。私もお兄様も同じような表情をしていたに違いない。

生きている人間をこちらに喚び寄せた？　神様が？　神様は直接の干渉は出来ないと言っていたはず。私はあっちの世界で命を散らしてしまったから、こっちにやって来たのだ。どうにも解せない。

「そうです。二年程前に私に神託が下りまして、巫女をアルーバ神国に授けてくださるとおっしゃったのです」

誇らし気に語る大司教の姿に、やはり騎士たちはうんうんと頷いている。皆さん信仰心が厚くていらっしゃる。

「あの、神様と対話が出来るというのはいつでも、という事ですか？」

私が問いかけると巫女は大きな溜息を吐き、つまらなそうに答えた。

「そおだけどぉ」

そんなに私と話すのは嫌なのかと言ってしまいたくなるが、それよりも彼女の返答に疑義の念を抱いてしまう方が先だ。干渉はもう出来ないと私は五歳の時に神様に言われた。それなのにこの巫女とはいまだに対話をしている？　巫女がこの世界に来て二年近く経った今でも？　そうなるとやはり本物の聖女は私ではなく彼女という事だろうか？　ならば神獣であるクストーデが私の傍にいてくれるのは何故？　訳がわからなくなってグルグルしている私の代わりにルトが質問を投げかけた。

「では、今すぐでも神を呼ぶ事が出来るという事でしょうか？」

ルトが声をかけると、途端に機嫌良さげに笑みを浮かべた巫女は「うん」と元気良く答えた。

「でもぉ、ちょっと疲れたから座りたぁい」

ぷくっと頬を膨らませ甘えるような声色を出した巫女に、ルトの周りの温度が二、三度下がった。けれどなんとか堪えたルトは「申し訳ありません。中に入りましょう」と一行を王城内へと導いた。

『クストーデ、そんな事あり得るの？』

一行が去った後、一番後ろを歩きながら見えないドラゴンに話しかける。自分が本当の聖女ではないというのは別にいい。聖女だろうが聖女でなかろうが、皆を助ける力があるなら惜しみなく使うまで。でもどうにも腑に落ちない。

『あんなのが聖女？』

ポロリと本音が漏れてしまう。ハッとした私は咄嗟に口を手で覆った。大丈夫、声に出してはいないはず。そんな私の本音を聞いたクストーデは私同様に不快感を顕《あらわ》にした。

『全くだ。あれが聖女であるなら、我は神獣を辞めるぞ』

『ぷにぷに』

ぷにちゃんまで。私の想いに共感した二匹を見ているうちに、なんだか可笑しくなってしまった私は口を覆ったのをいい事にこっそりと笑った。


中庭を見渡せる位置にある応接室。奥の長ソファに巫女が一人でドカリと座っている背後には、親衛隊のようにずらりと騎士の面々が並んでいる。その斜め横の一人掛けのソファにエリア大司教、向かいの長ソファに私とルト。背後にお兄様と二人の騎士が立っている。大きなローテーブルの上にはたくさんのお菓子が並び、皆暫しの間お茶の時間を堪能していた。因みに中庭には姿を認識させないようにしているドラゴンとスライムが、こんもりと盛られらお菓子に埋もれている。ある程度お腹が満たされた頃合いで、再びルトが巫女に質問の続きを投げかけた。

「早速ですが、神との対話を直接拝見したいのですが、お願い出来ますか？」

それまでは一心不乱にお菓子を貪《むさぼ》っていた巫女だったが、ルトの言葉に「オッケー」と軽い返事をウィンク付きで返した。

「あの、その前によろしいでしょうか？」

私が話しかけると、巫女の声色が途端に面倒そうなものに変わる。

「え〜、なに？」

長い爪をいじりながらこちらを見ようともしない態度に、若干イラつくがここはグッと我慢だ。

「神のお姿を伺っても？」

すると大司教がクスッと小さく笑った。

「まさか、そちらの聖女様は神のお姿をご存知ないのですか？　やはり、澄香様が本物の聖女であるのは間違いないようですね」

完全に私をバカにしている様子を見ると、神に仕える人間がこんな性格でいいのかと問いたくなる。あんまり私をバカにすると、横とか後ろとか中庭とかで爆発が起こるからやめて欲しい。

「キャハハ、いいじゃんいいじゃん。エリア、可哀想だからやめたげなよ。いいよ、教えてあげるぅ」

ああ、本当にやめて。部屋の温度が明らかに下がったのを感じながらも、なんとか笑みを崩さずに早く話せと頭の中で怒鳴りながら巫女を見た。

「ええっとぉ、神様はねぇ、すんごい綺麗な男の人なのぉ。そこのぉ、王子様とかその後ろの人くらい。でもって〜、真っ黒の長い髪でねぇ、目も黒。アタシとおんなじなんだ〜。そんでぇ、おっきな葉っぱの髪飾りしててねぇ」

だ、誰か、助けてください。この間延びした話し方がどうにも辛い。何故、大司教や騎士たちはニコニコと聞き惚れたような顔をしていられるのか、甚だ疑問だ。ルトは無表情に磨きがかかっているのに加え、お兄様の手が剣の柄頭《つかがしら》に触れたのが見える。

『辛抱してって二人に伝えて』

クストーデに言ってみるがこちらもそれどころではなかった。ほんの少し前までいつもの小さい姿だったのに、すっかり大きくなっている。

『なんなのだ、あのバカ丸出しの話し方は⁉』

クストーデの怒りのせいなのか、中庭に突風が吹いた。応接室の中庭に面した窓ガラスがガタガタと揺れる。驚いた皆の視線が中庭の方へ向くが、勿論誰にもドラゴンの姿は見えていない。ただ一人、お兄様だけがクスッと笑った。私と似た魔力を持つお兄様には怒っているクストーデが見えているようだ。

『ちょっと、クストーデ。ダメだってば。ぷにちゃん』

呼ばれたぷにちゃんは『ぷに』と鳴くと、クストーデの鼻先に飛び乗った。そして触覚のようにぷよんと伸ばした手？　で鼻先をタンタンと落ちつかせるように叩く。クストーデもぷにちゃんには弱い。大きく溜息を吐くと姿はそのままだったけれど、落ち着きを取り戻した。そう思ったのに……。

『エンベルト、ジャンネス、よく聞け。あの女の言っている神の姿は我の従っている神とは全く違う。かすりもしていない。あの女は偽物だ！』

『うわぁぁぁ、そうじゃないでしょ、辛抱してって伝えてよ。煽ってどうすんのよ！』

クストーデの言葉を受けて、明らかに二人の表情が変わった。このままでは血をみる事になってしまう。なんとかしなくちゃ！　そう思った時だった。

「大変申し訳ありませんが、長旅で巫女様はお疲れのご様子。どうか今日はこれで解散としていただけませんでしょうか？」

巫女の背後にずらりと並んで立っている騎士たちの、一番端から声がした。凛とした涼し気な、それでいて優し気な声色。バタついていた私たちの視線がそこに集中する。すると一人の女性が騎士たちの背後から姿を現した。皆の視線を一身に浴びたその女性は、動じる様子もなく胸に手を当て頭を下げた。

「ご挨拶もしないまま、不躾な物言いをしてしまい申し訳ございません」

彼女の美しい所作に視線が釘付けになってしまう。ルトもお兄様もクストーデも大人しくなった。この人は一体誰なのか、他の騎士とは全く異なる深い緑に金のボタンの騎士服。所々に金色の飾り紐で模様が描かれている。それはまるで昔の軍服のような姿だった。綺麗に波打つ長い藤色の髪を揺らしながら顔を上げたその方は、黒曜石のように黒い瞳がキラキラしてとても美しい。堅苦しい服装に女性らしい雰囲気が真逆過ぎてそれが扇状的に感じる。今の今まで彼女の存在を認識出来なかったのが不思議なくらい、今は誰よりも存在感を放っている。

「アルーバ神国の第一王女、イレーネ・チェステと申します。神国騎士団で副団長をしております」

見惚れてしまって脳の理解するスピードが遅くなる。ん？　王女？　王女と言った？　しかも神国騎士団？　騎士なの？　だとしたらどうしてこの方だけ服装が違うの？　私の頭の上にハテナマークが飛び交っている中、イレーネ王女の話は続いた。

「このような長旅に巫女様は慣れておりませんので、疲弊されているようです。どうか今日のところはここまでとしていただけませんでしょうか？」

確かに少し前から巫女は何度か欠伸《あくび》をしている。お茶やお菓子でお腹が満たされて、一気に眠気がやってきたのかもしれない。

「そうですね。随分と長旅でしたでしょうし、今日はこれで解散にしましょう。明日またお話をさせてください」

ルトも素直に聞き入れ、侍女たちに案内をするように指示を出した。

「巫女様、部屋に向かいましょう」

王女の言葉に巫女は素直に「わかったぁ」と言いながら、立ち上がって大きく伸びをした。そして、大きな欠伸をしながら騎士たちを引き連れて部屋を出る。その後を追うように、大司教も私たちの方に軽く一礼して出て行った。最後にイレーネ王女が扉の前で再び一礼し、アルーバ神国の面々は去って行った。

閑散とした部屋で大きく息を吐く。何もしていないのに疲れてしまった。見送るために立っていた私は、どさりとソファに沈み背もたれに身を預けた。

「よかったぁ、血を見る事にならなくて」

ボソリと呟く私の隣にルトが座る。お兄様も一人掛けのソファに座りクスクスと笑いながら独り言のように呟いた。

「ふふ、あちらの巫女だっけ？　彼女が帰るまで、私は辛抱出来るかな？」

柄頭を撫でながら言わないで欲しい。ま、気持ちはわからないでもないけどね。

『巫女だかなんだか知らないが、聖女でない事は明らかだ。少なくとも私の知っている神は、あの女をこの世界に喚んだりはしていない』

部屋に入って来たクストーデは小さい姿に戻っていた。一緒に戻って来たぷにちゃんを頭に乗せた状態で、当然のように私の膝の上に座る。そんなクストーデにルトは一瞬だけ眉をピクリとヒクつかせながら問いかけた。

「神があの巫女を喚んだのではないと、そう確信する何かがあるのですか？」

クストーデに投げられた質問だったけれど私が答える。

「あの巫女さんが言っていた神様の特徴ね、どれも私に加護をくれた神様とは当てはまらないの。そもそも性別が違うもの。髪の色も瞳の色も何もかも違う」

『アリーの言う通りだ。なによりあの小娘からは神の気配を感じない』

クストーデは私の答えに賛同しながら、私の身体を背もたれにし足を投げ出す体勢になった。完全にリラックス状態だ。そんなクストーデに先程よりも大きく眉をピクピクとヒクつかせたルトは、組んでいた足を解いて身体を前のめりにした。

「それはそうと、クストーデ。これだけたくさん座る場所があるのですから、わざわざアリーの膝の上に座る必要はないのでは？」

こめかみをヒクヒクと痙攣《けいれん》させながら黒い笑みを浮かべたルトは、今にもクストーデに掴みかかりそうだ。そうしないのは、ぷにちゃんがクストーデの頭の上からつぶらな瞳でルトを見ているから。きっとぷにちゃんが頭に乗っていなかったらとっくに掴んでいただろう。そんなルトにクストーデは挑発的に答えた。

『もういい加減諦めろ。ここは我だけの特等席だ。ああ、ぷにもだったな』

ケケケと笑うクストーデ、一気に氷点下の冷気を発するルトに溜息を吐く。お兄様は毎度の事だと気にも留めていないのか、新たに淹れてもらった紅茶の香りを楽しみながら口をつけていた。

「アリーほら、せっかくの紅茶が冷めてしまうよ」

なんて私にまで勧めてくる。その間も二人の言い合いは続いている。

「そういえばサルド王国からいただいた珍しいお菓子があるのです。あなたにも是非ご賞味いただければと、思っていたんですがねぇ」

『ほお、我にか』

「ええ、ですがアリーの膝から退いていただかないと」

『大丈夫だ。アリーの服を汚すような事はしない』

「そういう事じゃないと、わかってますよね」

『当たり前だ』

うん、くだらなさ過ぎる。ぷにちゃんも二人の言い合いに飽きたのか、私の肩の上に移動してきた。そんなぷにちゃんにクッキーをあげながら、私とお兄様はゆっくりとお茶を堪能したのだった。


　翌日の昼過ぎになっても巫女は部屋から出て来なかった。エリア大司教が言うには、疲労感が取れないので今日いっぱいは休ませたいとの事だ。やる事がなくなった私は中庭を抜け花園の中にある四阿でクストーデとぷにちゃんとでお茶を飲んでいた。

「巫女さん、ちょっと体力なさすぎじゃない？　こんな事なら学校に行っておけばよかった」

『あんな小娘、別に構う必要もないだろうに』

「ぷに」

　文句を言いながらも次から次にお菓子を消費していく。クストーデとぷにちゃんに合わせて食べていたらお腹がいっぱいになってしまった。これ以上食べたらお昼が食べられないかもしれない。少し腹ごなしに身体でも動かそうかなと思っていると、奥の方から微かに風を切る音が聞こえてきた。この奥は小さな空き地になっていて、庭師たちが品種改良を試みたり、育ちにくい苗をある程度まで育てたりする為の場所になっている。今は温室の方に持ち込んでいるはずなので、空き地にはなにもないはずだ。

「誰か剣でも振り回してるのかな？」

　興味を引かれ音のする方へ向かう。低木の影に隠れて覗いてみると、深い緑の服が見えた。アルーバ神国のイレーネ王女だ。他の騎士の姿はない。どうやら王女一人で鍛練をしているらしい。藤色の髪を高い位置で結び剣のような物を振っている。

「ん？　あれって……」

イレーネ王女が振っている物をよく見ると剣ではない事がわかる。

「なんだっけ、あれ……あっ、そうだ薙刀《なぎなた》だ」

柄と刃の長さを合わせれば優に王女の身長を超えている長さの物を、軽々と振り回しているその姿はとても美しくカッコいい。まるで舞を舞っているような流れる動作に目を見張った。

メリーが暗器を使って鍛練している姿は何度も見ていたし、そんな彼女を美しいともカッコいいとも思っていた。けれどイレーネ王女はまた違った美しさだ。メリーが鋭利な美しさなら王女は柔軟な美しさとでも言おうか。暫しの間、私は彼女の姿に見惚れてしまっていた。

薙刀を振っていた王女は、ふと何かに気付いたのか手を止め薙刀を地面に置いた。そしてこちらの方に向かって頭を下げた。

「お目汚し、失礼しました」

「え？」

誰に向かって言ったのかと周りをキョロキョロと見回す私に、クストーデの呆れた声が聞こえた。

『アリー、お主に挨拶しているんだろう』

「え？　私？」

確かに見回す限り、周りには私たち以外に人はいない。でも私は低木の陰に隠れて見ているのだから見えないはず……。

「あ」

私ったら全然隠れてなかった。どうやら興奮していたらしく、いつの間にか思いっきり立ち上がって見ていたのだ。

「す、すみません。お邪魔するつもりはなかったのですが、あまりにも綺麗で」

慌てて頭を下げた私にイレーネ王女は微笑みかけてくれた。

「ふふ、いいえ。どうかお顔を上げてください、聖女様」

顔を上げた瞬間、王女としっかり目が合う。セヴェリンの瞳に負けないくらい綺麗な黒い瞳を見た私の胸が、何故か大きく高鳴った。自分でも理解出来ない胸の高鳴りに、ぽかんとしているとクストーデが先程より更に呆れた声色になった。

『アリー、涎《よだれ》』

「え？」

咄嗟に袖口で口元を拭く仕草をした私に『冗談だ』と言って笑うクストーデ。

「もう、やめてよ」

『いやいや、あながち冗談ではないぞ。いつ垂れてもおかしくない状況だった』

そんなやり取りをしている私たちを、王女が不思議そうに眺めている事に気付く。そういえば普通にクストーデとぷにちゃんを見せてしまった。まだ巫女にも見せていなかったのに。そう後悔しても後の祭り。どう説明しようかと思っていると、私たちを見る王女の瞳がキラキラしているように見えた。セヴェリンが魔法の話をしている時と同じだ。そんな王女は私に問いかけてきた。

「あ、あの。その腕に抱いているのは？　それと肩の上。それはスライム、魔物ですよね」

なんだか王女の声が上ずっている。ほんの少し前までの涼やかな雰囲気はなく、正直、ちょっと昂《たかぶ》ったルトに通じるものがあるように感じるのは気のせいだろうか。少し警戒しながらも、ここで嘘をついても仕方がないと思った私は、正直に話す事にした。

「――では、そちらが神獣様なのですね。お噂では聞いておりましたが……」

フルフルと身体を震わせ、気のせいか頬が少し上気しているように見える。なんだ？　どうした？　訝しむ私を気にするでもなく王女は言葉を続けた。

「それにそのスライム。よく見ればちゃんとお顔があるのですね。聖女様と神獣様とスライムの組み合わせ……なんて……なんて……」

そう言ってそのまま口を両手で覆った王女は、それ以上言葉が続かない。それでも熱っぽさを含ませた瞳は、しっかり私たちを捉えている。なんだかちょっと面白くなってしまう。私は小首を傾げながら、王女との距離をグッと詰めた。

「キャッ」

競歩より早い歩みで距離を詰めた私に、驚いた王女は小さく悲鳴を上げ口を覆っていた両手を両目に移動させた。

「イレーネ王女殿下、どうなさいました？」

コテンと先程とは反対に首を傾げさせ王女を見る。悪ノリしたクストーデも同じように私の腕の中で首を傾げ、ぷにちゃんも首、というか身体を傾け「ぷにぃ」と鳴いてみせた。王女は目を隠したまま答える。

「も、申し訳ありません。ちょっと、あの、直視出来そうにありません」

ええ⁉　それって見るに耐えないって事？　ちょっと酷くない？　揶揄うつもりが私にダメージがきた。ショックでシュンとした私はこの場から去ろうと片足を後ろに踏み出した。

「あ、そうではなく」

離れようとした気配に気付いたのか、王女は慌てたように私の腕に触れた。がその瞬間、王女はヘナヘナと腰が砕けたように座り込んでしまう。

「あ、あの。どうされました？　大丈夫ですか？」

何が起こったのかわからないけれど、もしかして急に具合が悪くなったのだろうか。心配になった私は視線を合わせるように王女の前にしゃがんだ。

「どこか具合でも？」

そう問いかけると、放心したような表情になっていた王女が首を横にブンブンと振る。そして両手で顔を覆ったまま、頭を深く下げた。

「そうではないのです。そうではなく……あの、あまりにも……」

そこからまた言葉が続かなくなってしまう。一体なんだというのだろう？　訳がわからない私たちは、ジッと王女を見つめて次の言葉を待った。時間にしてほんの数十秒だったと思う。顔を覆ったまま、けれど左目だけ指の隙間から見えている状態の王女が口を開いた。

「本当に申し訳ありません。あまりにもその組み合わせが、あの……か、可愛らしかったもので……」

か細い声でそう答えた王女の言葉に、今度はこちらが固まった。

「可愛い、ですか？」

そう言った私の顔をチラリと見た王女は再び顔を覆ってしまった。なんだろう、なんかこちらまで顔を覆いたくなってしまう。けれどクストーデを抱いているから顔を覆う事は出来ない。でもなんだか恥ずかしいというか、いたたまれない気持ちになった私はクストーデで顔を隠した。

「えっと、ありがとう、ございます」

辿々《たどたど》しくお礼を言った私に「そんな、こちらこそ不躾な真似を」と言って顔を上げた王女は「はうっ」と変な声を出す。

暫くの間、空き地に変な空気が漂った。

互いに少し落ち着きを取り戻した私たちは、四阿に移動してお茶をする事にした。

「先程は、本当に失礼いたしました」

「いえ、こちらこそ盗み見るような真似をしてしまって、申し訳ありません」

謝りあった私たちは、顔を見合わせると自然にクスクスと笑ってしまった。それから色々な話をした。

「可愛いものが大好き、なのですか？」

　どうやらクールな印象のイレーネ王女は見た目と違って、可愛いものが大好きな人物らしい。

「二十二にもなるのに、可愛いものが大好きだなんてお恥ずかしい限りです」

　ギャップが激しいので、誰にも秘密にしているのだそう。知っているのは家族と自分付きの侍女数名だけなのだそうだ。

「ですから聖女様と神獣様とスライムの組み合わせはなんと言いますか、私の中で最強で最高に可愛らしかったのです。それに、咄嗟に聖女様の腕に触れた時、神獣様のお身体にも一瞬触れてしまって……それがもう、なんと言いますか……ふわふわで。心地良すぎて腰が砕けてしまいました」

　照れた表情で語る王女がもうね、マジで尊い。王女こそ可愛いと思う。可愛いというのも少し違うかな。私より年上で大人で凛とした佇まいなのに、可愛いものに目がないという。なんていうかギャップ萌え？　鼻血出せるよ、私は。王女に萌を感じつつ彼女の傍に立てかけられている薙刀を指差しながら訊ねる。

「王女殿下は珍しい武器をお使いになられるんですね」

　すると王女は意外そうな顔で私を見てから薙刀の方に視線を移した。

「これですか？　これはアルーバ神国では割とメジャーな武器なのです。薙刀と言って女性や力に自信のない者たちがよく使います」

　薙刀を手に取った王女は、私に刃の部分が向かないようにして見せてくれた。初めて見たけれど、刃の部分はなかなかに切れ味が良さそうだ。

「こんなに長いと使い辛くはないのですか?」

素朴な疑問を投げかけると、王女は笑った。

「ふふ、ええ。慣れてしまえばなんということはありません。見た目程重くはないですし、普段は空間魔法で収納していて邪魔にもなりません」

「空間魔法が使えるのですか?」

空間魔法は使える人の方が圧倒的に少ない。魔力が高くなければいけないし、魔力操作が難しいのだ。感心した様子で聞いた私に、少し恥ずかしそうに王女が答えた。

「はい。と言っても、小さなものですが。魔力はそれなりに高いので。まあ、巫女様やエリア大司教には到底及びませんが」

二人の名前が出たところで、ずっと疑問に思っていた事を口にする。

「あの。王女殿下はアルーバ神国の王族なのですよね」

王女の眉が少し下がる。そして無言で首だけ縦に振った。悲しそうな苦しそうな表情だ。

「王族とは名ばかりです。神国と言っている通り、わがアルーバは神が自らのお力で直接お作りになった国だと云われています。ですから王族より神に仕えている教会の方が立場が上と考える人間が多いのです。それでも先々代辺りからは国政を王族で取り仕切るようになり、国も潤うようになったお陰で落ち着いていたのですが……『救いの巫女』がアルーバに現れてから再び形勢が逆転しました」

そう語った王女の声色は辛そうだった。唇を引き結び、目をギュッと瞑ってから顔を上げた。

その顔からは一瞬前までの辛そうな気配が消えていた。

「申し訳ありません。愚痴を零すなどと恥ずかしい真似を。聖女様にお聞かせするような事ではなかったですね。あ、聖女様は薙刀に興味がおありなのですか？」

何事もなかったかのように話を変え、元気そうに振る舞う姿を見て、私もこれ以上は何も聞かなかった。


仕事が一段落したという知らせを受け、ルトとお兄様と私で一緒に昼食をとる事にした。

「教えてほしい事があるのだけど」

隣に座っているルトと、向かいのお兄様を交互に見る。二人とも甘々な顔で私を見ている。

「なんでしょう？　私がどれだけアリーを好きかなら、今日中に語り終えられるかわかりませんよ」

「うん、それじゃないから」

ルトのおかしな発言を軽く無視した私は、間髪入れずに質問した。

「アルーバ神国の実情を教えて」

すると二人ともピタリと動きを止めてしまった。お兄様なんてフォークの上のお肉を口に入れようと口を開いたままで固まっている。先に動いたのはルトだった。

「ええ～と……何故かお聞きしても？」

私は先程までイレーネ王女と一緒に過ごしていた事と、王女から聞いた話を聞かせ、その核心に触れた。

「巫女さんが来てから教会がトップになった。そしてそれが国には悪影響を及ぼしている。違う？」

王女の鎮痛な表情からして今のアルーバ神国が、決していい状況ではないと推測出来た。そもそも教会の人間が国政を担《にな》えると思う方がおかしいのだ。帝王学も学んでいない、日がな一日祈るかお金の勘定をするか、権力に胡座《あぐら》をかいている。そんな人間の方が多いのだから国を統治する力なんて持っている訳がない。巫女を見ていればわかるというものだ。

形は違えど同じ世界から来た人だから共感出来る何かがあるかと思いきや、疲れたからと部屋から出て来ないし、人の事を完全に馬鹿にして無視するし。ん？　なんだか腹が立ってきた。落ち着いて、私。グラスの水を一気に飲み干し、頭に上りかけた血を落ち着かせる。そんな私を見つめていた二人は、顔を見合わせてから大きな溜息を吐いた。

「こうなる事を心配していたのですが」

「そうですね。でもまあ、無駄になるとはわかっていましたよ」

なんだかルトもお兄様も呆れてる？　どうしてそんな表情をするのか、不思議に思いながらも私は質問の答えが返ってくるのを待った。

「アリーの思っている通りです。どうやらあの『救いの巫女』が来てから、ここ何十年か落ち着いていたアルーバの財政が下降の一途を辿っているそうです」

初めは「救いの巫女」が降臨した事で、国が更に発展していくのだろうと国中がお祝いムードだったのだが、教会側が巫女を手に入れた事で再び権力を主張し出した。そしてあっという間に政治が乱れ国庫はみるみるうちになくなり、国が荒れ出しているのだという。

「国民も王族を支持する者たちと教会を支持する者たちの二派に分かれているのだそうで、このままでいくと国民の間で紛争が起こるのではないかと懸念されています」

ルトは「痛ましい事です」と言いながら紅茶を飲んだ。国が大変な事になっているのに、何故この国にわざわざ来たのだろう？「救いの巫女」と云われているのに、何も救っていないどころか滅びへ向かっているではないか。イラつきをぶつけるようにブスリと肉にフォークを刺した私に、ルトは少し表情を険しくさせた。

「アリー、あなたが優しい事も好奇心が強い事も十二分に理解しています。ですが今はまだ大人しくしていてください。アルーバ神国はこれまで全くと言っていい程交流がなかった国です。まだ詳しい事はわかっていないのです。しかもアリーを偽物聖女だと言い切っているような人間のいる国です。少なくとも聖女の件がはっきりするまでは、アリーから手を出すような事は絶対にしないでくださいね」

めっちゃ釘刺してくるじゃん。お兄様までうんうん頷いてるし。私、自分から喧嘩なんて売らないよ。買うのは当然だけど売った事なんてないよ。なんか納得いかないし面白くない。そんな私にルトは再度釘を刺した。

「いいですね」

「はーい」

わざと間伸びした返事をした私に、ルトとお兄様は困ったような顔をしながら食事を続けた。

「またなの?」

翌日。今日こそは巫女と対峙するのだと気合いを入れて来たというのに、疲れがまだ残っていて体調がすぐれないのだと会談を断られた。聖魔法が使えるなら自分を治癒する事くらい出来るのでは？　と思ってしまうが何も言えない。

『馬鹿らしい。我は巣に戻る』

流石のクストーデも怒って帰ってしまった。ルトも苛立ちを隠せず冷気を纏っている。

「巫女だかなんだか知りませんが、完全に私たちを舐めていますね」

怒りながら書類を書くのは止めた方がいいのではないだろうか？　既に二本折っているというのに、またもやポキッと音がする。

「これで三本目です。殿下、少し落ち着いてくださいませんか？　ペンが哀れです」

折れたペンを回収しながらお兄様が言う。書いている途中の書類も、ペンが折れたせいでインク染みが出来てしまっている。これではなかなか仕事は進まなそうだ。

「えっとルト。ちょっとお出かけしない?」

このままではいけないと外出の提案をしてみると、キョトンとした表情になったルトが私をジッと見つめた。あれ？　ダメだったかな？　不安な気持ちが湧き上がり俯いてしまった私の視界が急に暗くなる、ってか苦しいんですけど。

「ああ、アリー。私をデートに誘ってくださるなんて。なんて今日はいい日なんでしょう」

ルトは私を抱きしめて歓喜の声を発した。

「聞きましたか？　ジャン。そういう事ですので、今日はアリーとのデートに行って参ります。ああ、護衛はいりませんから。ジャンはゆっくりしていてくださいね。ああ、楽しみです」

私を抱きしめる力が更に強まった。ちょっと待って。死ぬ、死んじゃうから。


馬車で街まで来た私たちは、手を繋ぎながらゆっくりと散策を楽しむ事にした。勿論、街に馴染むように質素な服装に着替えている。

「考えてみれば、ルトと二人で街を歩くのって初めてだね」

そもそも外で二人きりになった事が初めてなのでは？　何気なく言った言葉なのに意識した途端、私の心臓の鼓動が速くなった。急に緊張してしまう。王城内や学校なんかでは二人で過ごす事は当然あったけれど、外で普通に手を繋いで歩くなんて……。これは完全にデートというやつなのでは？

「なんかちょっと照れちゃうね」

わざと大きめの声で言ってしまう。そうじゃないと心臓の音が聞こえてしまいそうで。何か話さなくてはいたたまれない気持ちになる。ああ、めちゃめちゃ手に汗をかいてるかもしれない。気にすれば気にする程、繋いでいる手に神経が集中してしまう。そんな私の気持ちを知ってか知らずか、ルトはよく見てと言わんばかりに握っている手を視線の高さに合わせるように持ち上げた。そして極上の笑みを浮かべた。

「ふふふ、そうですね。照れてしまいますね。でも、とっても楽しいです」

「！」

胸に、胸になんか刺さった。特大のなにかが刺さった。だって一瞬息が止まったもん。心臓痛いもん。これ、私もうすぐ死んでしまうのでは？　身の上に起こった衝撃にどう対処したらいいのかわからない。この人の笑顔は私の脳を爆発させる力があると思う。完全に思考停止した私は歩く事も忘れ呆然と立ち尽くしてしまった。

ふと我に返った私はいつの間にか暗がりの中にいた。店と店の間の細い路地裏でルトと身体を密着させているのだ。

「え？　なん、ちょ」

いつの間にこんな場所に入り込んだのか、何故こんなにルトと密着しているのか。状況が全く飲み込めず、上手く言葉が出てこない私にルトが「シー、静かに」と小声で言った。真剣味を帯びた物言いに、思わずキュッと口を引き結び身を固める。何か危険が迫ってでもいるのかと、無言のまま問いかけるような視線をルトに送る。ところがルトからは予想に反した答えが返ってきた。

「はあ、危なかったです。危うくその辺の輩に、その可愛らしい姿を見せてしまうところでした」

表通りに背を向けるように立ち右腕の肘から先を壁につけ、私を表通りから見えないように立

っているルトは、左の手で私の頭の上のケモ耳に触れた。どうやらケモ耳がこんにちはしてしまったようだ。くすぐったさに肩が小さく震える。

「間に合ってよかったです。この可愛らしいケモ耳を他の男たちに見せるなんて。考えただけでもはらわたが煮えくり返りますから。まあ万が一、見られてしまったら見なかった事にするだけですがね」

優しくケモ耳に触れながら、とっても怖い事を言っている。冗談なんだろうけど、冗談に聞こえないから余計怖い。でも、見られなかったのは本当によかった。なんせ今はワンピース姿だから尻尾も見えてしまっているはずだ。隠しようがなかっただろう。

「ルト、隠してくれてありがとう」

素直に感謝の意を伝えると、微笑みながら首を振った。

「いいのです。ほぼ私の為なので。でも、そうですね。感謝しているというのであれば何かご褒美をいただきましょうか？」

途端に悪戯めいた顔になったルトは、器用に私に顔を近付けきた。なんだか嫌な予感がする。

「な、何をあげればいいの？」

「そうですねぇ。では、そのはみ出ている可愛らしい尻尾を触らせていただくというのはどうでしょう？」

「え？　あ、なんだ。そんな事でいいならどうぞ」

てっきり私からキスして欲しい、なんて事を言い出すのかと思った。尻尾に触れるくらい全然大丈夫。そう思っていた少し前の私を殴りたいと、すぐに後悔する事になる。

「なんて触り心地がいいのでしょう」

初めのうちはそんな調子だったルトが、次第におかしなテンションになってくる。

「このモフモフ加減は堪りませんね。ああ、もう少し根本の方にも触れてみたいです」

そう言って、根本へ向かうように手が動く。毛の流れに反した動きに背筋がゾクっとした私は、慌てて抵抗した。

「ちょっと、ルト」

けれど身を捩ってみても狭い場所ではなんの意味もない。それどころか余計に密着してしまった気さえする。

このままでは危険だと思った瞬間、いつものように救世主が現れた。お兄様に預けていたぷにちゃんが、ルトの頭の上に降ってきたのだ。ぷにちゃんは、べちょりとルトの頭を覆った。

「ふう、助かったよ。ありがとう、ぷにちゃん」

「ぷに」

お礼を言った私に、ルトに張り付いたままのぷにちゃんが返事をした。本当にいい子だ。ルトはそんなぷにちゃんをベリリと剥がしながら溜息を吐いた。

「耳以上に魔性ですね、その尻尾は。あまりの触り心地に自我を保てなくなりました」

そんな真剣な顔で言われても。耳の時だって十分に自我が保てなくなっている事を、ルトは忘れてしまっているのだろうか。もしかしておかしくなっている時の記憶ってなくなっちゃうのかな？　冷めた視線を送っている私に気づいたルトは、申し訳なさそうな表情になった。

「申し訳ありません、あまりの可愛さに制御出来なくなってしまいました」

ルトが謝っているとルトの胸元でスマホが鳴った。「失礼します」と言って胸のポケットから出したスマホを操作するとお兄様からだった。画面越しでもわかる冷ややかな空気を発しながらニコニコと微笑んでいるお兄様は、一言だけ言って消えた。

「自重、してくださいね」

ぷにちゃんが急に消えた事で何かを察したのだろう。ルトは暗くなっている画面を見つめたまま固まっている。たった一言なのに破壊力抜群だったみたい。落ち込んだルトはなんだか放っておけないワンコのようで、私はスマホを握っている手に自分の手を重ねた。

「さ、早くデートの続きしよう」

すると、重なった手を見つめゆっくり私に視線を合わせたルトは「はい」と頷き、私の手を握ると、表通りの方へ足を進めた。

それからは色々なお店を見て回ったり、具沢山のホットドッグを歩きながら食べたり、デートらしいデートを楽しんだ。

最後はカフェでお茶をする事に。白と青を基調とした内装の素敵なカフェだ。テーブルもイスも白で壁紙の空色に陽の光が差し込むと、空の上にいるような気分になる。店内は女性同士やカップルで賑わっている。私たちは奥のテーブルへ案内された。

『男女問わずルトに視線が集中している』

明るい店内で陽の光を浴びているルトの髪は、本当に綺麗で皆が見惚れるのも頷けるというものだ。本人は全く気にする素振りもないけれど。それにしても……。

「どうして隣に座るの？」

四人掛けのテーブルなのに向かいに座らず隣に座ったルトに聞くと、キョトンとした顔をした。

「どうして？　そんなの答えるまでもないですよ。ここが一番近いからです」

なにを当然な事をという顔で言われてしまった。いや、私も嬉しいんだけどね。嬉しいんだけれど、なんというか視線が痛いというか。周りの視線がこちらに集まっているのがなんとも居心地が悪い。

けれどハーブティーのいい香りが届いた頃には、そんな視線の数々にも慣れていた。どうやらこのカフェは見た目だけでなく、味も完璧のようだ。歩き疲れた身体に染み渡るハーブの香りは、私をリラックスさせてくれた。

「どうにも気に食わないですね」

紅茶も飲み終わろうという時、ボソリとルトが呟いた。三個目のケーキを食べ終わったぷにちゃんが不思議そうに「ぷに？」と言う。私もカップを持ったまま首を傾げた。が、視界がルトの手で遮《さえぎ》られる。一体何事なのか。

「どうしたの？」

そう尋ねた私の肩をクイっと抱いたルトは、耳元に顔を寄せて囁く。

「皆がアリーを見つめているのです。あなたの美しさも可愛らしさも全て、私のものだと言うのに」

「んがっ」

ルトの甘い囁きに驚き過ぎて変な声が出てしまった。私の変声に驚いたであろうルトは、一瞬目を見開いて私を見つめたが、次の瞬間にはおかしそうに笑い出した。

「ククク。なんですか、その可愛らしい声は。クク、全く本当に困ってしまう程可愛らしい」

可愛いって連呼する割には、めっちゃ笑うよね。まあいいけどね。

「ルトが変な事言うからでしょ。それに集中している視線は皆、ルトを見ているんだよ」

私を見ているなんて勘違いもいいところだ。けれどルトは大袈裟に驚いてみせた。

「なにを言っているんです？　アリーを見ているんですよ。アリーの美しさに釘付けになっているんです。減るからやめて欲しいです」

いやいや、そうじゃないって。それに見られただけでは減らないし。

そうして、互いに互いを見ているんだと言い合っているうちに、なんだか面白くなってきてしまい二人で笑い合う。

「ははは、わかりました。どう足掻《あが》いても決着はつきませんから、この話はどちらもという事で終わりにしましょう」

「ふふふ、そうだね、そうしよう」

笑い疲れてフウと息を吐き出し何気なく視線をぷにちゃんへ向けると、どうやったのかぷにちゃんは四個目のケーキを食べようとしているところだった。

「え？　ぷにちゃん、自分で注文したの？」

　するとぷにちゃんは嬉しそうに「ぷにぷに」と鳴いた。ぷにちゃん、凄い、凄過ぎるよ。後でお店の人に聞いてみたら、私たちが笑っている間にぷにちゃんはメニューを高く掲げお店の人を呼び、ちゃんと自分でケーキを指差して注文したそうだ。ぷにちゃんの進化が留まるところを知らない。本当に末恐ろしいスライムだ。

　ぷにちゃんが食べ終わったところで、そろそろ帰ろうかと店を出た。

「あ、雨」

　数歩も歩かないうちに雨がポツポツと降り出し、あっという間に本降りになってしまう。

「雨宿りしましょう。風邪を引いてしまいます」

　ルトが提案してくれたけど、私はそれを断り魔力を少しだけ膨らませた。私たちの頭の上に金色のガラスのようなものが浮かんで雨を遮った。

「これは贅沢な雨避けですね。とても綺麗です」

「ふふ、でしょ」

　気をよくした私は、再び魔力を膨らませる。金色の光の粒で出来たボールのようになった魔力をそのままふわりと上に投げた。投げられた光のボールは弾けるように四方に飛び散り、周辺の人々の頭上に金色のガラスを作り出す。人々は不思議そうに自分の頭上を見上げていた。

「大サービス」

　そう言って笑った私は、ルトと手を繋いで馬車の方へ向かった。

暫くしてルトが「後ろを見てみてください」と足を止める。振り返ってみるとそこには灰色になった空に、たくさんの金色のガラスが浮かんでなんだか幻想的な光景に見えた。

「アリーの魔法は本当に美しいです。使う人物が美しいからこそ、魔法も美しい」

雨の音で聞こえづらいはずなのに、はっきりと聞こえたルトの声。嬉しくなった私はキュッと繋いでいたルトの手を握りしめた。それに気付いたルトも握り返してくれる。

「ありがとう、ルト」

そう言った私に「どういたしまして」と笑ったルトは、そっと私の唇を塞いだのだった。

☆☆エンベルト視点☆☆

アリーを屋敷に送り届けてから王城へ戻る馬車の中。アリーと別れる度に、一緒に王城へ戻る事が出来たらという想いが溢れ出る。アリーも成人し、正式な婚約者になったというのに、いつまでも寂しい夜を過ごさねばならない事が辛い。一緒に王城で暮らしてもいいのではないかと、毎回思ってしまう。

結婚式はアリーが学校を卒業してから行う予定だ。まだ二年以上ある。それに、卒業した後も公爵が私の前に立ち塞がるのが目に見えている。あの大きな障壁を打ち破らない事にはアリーとの結婚は幻に終わってしまう。それにブラジオーガの王太子も、サルドの王子どもも。きっとこれからもアリーを掻っ攫おうとする人間はまだまだ増える。前途多難の一言だ。

つらつらとそんな事を考えているうちに王城へ到着する。それだけアリーの屋敷は王城と近い。それなのに何故こんなに遠く感じるのか。

執務室に戻るとジャンネスがソファで本を読んでいた。どうやら帰らずに、私の帰りを待っていたようだ。

「アリーを送り届けていただけましたか？」

「ええ、しっかりと」

向かいのソファに腰掛け、背もたれに体重を預けて一息つく。すぐにジャンネスがお茶を淹れてくれた。彼は再びソファに座ると、本の続きを読み出した。

心地の良い沈黙の時間が流れる中、ふと自身の手を見つめた。アリーの尾は想像通り、いや、それ以上に触り心地が良かった。ふわふわと柔らかな手触りは一度触れたら最後、いつまでも触れ続けていたいと思う程だ。尾先の方はアリーも気軽に触れさせてくれる事がわかった。根本はダメそうだが。少しずつ慣らしていけばもっと触る事が出来るだろうか？　あの指を飲み込んでしまう程のふわふわの毛に、顔を埋める事が出来たりするだろうか？　ああ、考えていたらもうアリーに会いたくなってしまった。あの時、ぷにちゃんさえ来なければ……。

すると、妄想に毒されている私に、ジャンネスが呼びかけてきた。

「殿下、殿下。どんな妄想をしているのかは、まあ大体想像できますが……お顔がマズイ事になっておりますよ」

彼の言葉にハッと我に返る。向かいのソファから呼びかけていたジャンネスは、本を閉じ笑いを堪えつつ私を見ていた。とんだ醜態を曝《さら》してしまったようだが、見られたのがジャンネスならまあいい。笑いを噛み殺しつつ私を見ている彼の美しい顔は、やはりアリーの兄なのだなと思う。

「はあぁ、後二年もあるなんて。長過ぎると思いませんか？」

素直に心境を漏らすと、それだけでジャンネスには伝わったようで、彼はハハハと笑った。

「殿下には長過ぎる二年でしょうが、私には短過ぎる二年ですよ。幼い頃はずっと私たちと一緒にいるって言ってくれていたんですがねえ」

軽口だか少しばかり怖い。

「ジャンは立ち塞がりませんよね？」

あの父親だけでも難しいのに、ジャンネスまで向こう側に立ってしまったら死を覚悟しなくてはならない。懇願の眼差しを彼に向けたのは仕方のない事だ。そんな私にジャンネスはおかしそうにクスクスと笑った。

「そのような眼差しを向けなくとも、私はお二人の幸せを願っておりますよ」

ああ、なんて素晴らしい側近なのだろう。いや、ジャンネスはただの側近などではない。私が最も信頼を寄せる男なのだ。唯一背中を預ける事の出来る男。そんな男がアリーの兄である事がどれ程心強い事か。そんな男に幸せを願われている。全力で叶えるに決まっている。

ジャンネスからの言葉に胸を熱くさせていると、またもやジャンネスが言葉を発した。

「ですが……」

瞬間、不穏な空気が辺りに流れる。これはマズイやつだ。ジャンネスの笑みが恐ろしいものに見えてくる。

「自重……はしていただかなくては、ね」

「……すみません」

なんの言い訳も出来ず、私は素直に謝った。

☆☆☆☆☆

翌日。やっとの事でアルーバ神国との会合が開かれる事になった。午後から会食という形を取るらしい。

そんな中、王城内では昨日の街中での出来事が話題になっていた。なんでも街中で結構な騒ぎになっているらしく、それが王城内にまで届いたのだそうだ。金色の魔法は聖女の魔法だと周知されている事から、昨日街中に聖女が現れたのだと、どんな姿をしていたのだろうかと目撃者を探しているという事だった。

貴族たちの中では知られていても市井の人々にまで知られている訳ではないからね。王城内では勿論、ほとんどの人たちが私がやった事だとわかっている訳で。すれ違う度に「昨日はご活躍されたようですね」とか「お疲れさまでした」とか「私も実際に見てみたかったです」とか声をかけられてしまう。

「これは会食の時間まで何処かに隠れていた方がいいみたいね」

で、あれば。少し身体でも動かしますかと思った私はシャツとパンツ姿に着替えて、花園の奥の空き地に向かう事にした。すると、黒のシャツに黒のパンツ姿のイレーネ王女が薙刀を振っていた。朝日に照らされた王女の藤色の髪がとても美しい。

「聖女様、おはようございます」

私に気付いた王女は薙刀を下に置き、わざわざ私の方に近寄ってきてくれる。

「おはようございます、王女殿下。いらっしゃるかなと思って来てしまいました」

そう。ここに来ればイレーネ王女に会えるかもしれないと思って来たのだ。クストーデも王女の事は嫌がらないし、私自身、もっと仲良くなりたい。いや、ガッツリ仲良くなりたい。出来ればお姉様と呼びたい。そう思っていたりする。王女はとても優しい眼差しで私と腕の中のクストーデと肩の上のぷにちゃんを見ている。そんな王女に私は提案をしてみる。

「今日もお一人で鍛練されていらっしゃるようですね。よろしければ私がお相手させていただきますが、いかがでしょう?」

すると、驚いたのかキョトン顔になった王女が棒立ちになってしまう。

まあ、そうだよね。剣も持っていない女が相手になると言っても、説得力がないだろう。それでも私が体術が得意な事、剣を持っている相手でも負けない事を説明した。

「しかし……」

説明した後も暫くは躊躇していた王女だったけれど、何度も言っているうちに一度手合わせをする事を了承してくれた。

「手加減は一切無用ですからね」

　クストーデが投げた枝が落ちた瞬間、未だ戸惑いが消えない王女の懐へ飛び込む。勿論殴るなんて事はしませんよ。難なく懐に入った私は、王女の肩に手を触れてから一気に距離を取った。

「どうです？　手加減しなくてよさそうですか？」

　すると、王女の黒い瞳がキラッと光ったのが見えた。今ので本気になってくれたようだ。

「申し訳ありません。どうやら手加減は不要だと判断いたしました。どうぞよろしくお願いいたします」

　軽く頭を下げた王女からは、もう戸惑いは消えていた。

　一時間くらい経っただろうか。王女に疲れが見え始めたところで休憩をする事にした。四阿に移動しお茶を飲む。王女は始終私を称賛していた。

「これでも私はアルーバで五本の指に入ると言われる実力を持っています。ですが、聖女様のスピードに翻弄されるばかりで……追いつく気がしません」

「確かに王女殿下はお強いですよ。薙刀の距離感も上手く掴めなかったですし」

　王女の戦い方は独特だった。長い柄をフルで使ったかと思うと、急に短く持ち直したりするのだ。下手に踏み込むと刃先が迫って来たりするから侮れない。女性でこれだけ強い人はメリー以外では初めてかも、そう思える実力だった。

　王女との鍛練は楽しい。普通の剣とは違うせいなのか、メリー以外の女性と戦うのが初めてだからか。少し休憩をとってから、再び鍛錬を始めた。

やればやる程王女もスピードが上がる。やっぱり楽しい。すっかり興奮状態になった私はうっかり油断していた。一気に私との距離を縮めようと足を踏み出した王女の動きがピタリと止まる。黒曜石の瞳を大きく見開き、口をポカンと開けて呆けたようにこちらを見ている。なにが起こったのかと動きを止め、王女を見つめていると見開いた黒曜石が星空のようにキラキラ輝き出した。

『全く』

クストーデの呆れた声で、自分の変化に気付く。ヤバいと思ってももう後の祭りだ。どう誤魔化そうかと考えている私に、薙刀を地面に落とした王女がゆっくりと近付いてきた。

『これ、どうしたらいいの?』

クストーデに問いかけたけれど、返ってきた答えはなんの参考にもならない。

『なるようになる』

その間に王女は私の目の前まで来ていた。もう仕方がない。なるようになれ。王女を見つめたままじっとしていると、小刻みに震える手を私に伸ばした王女は、頭に生えたケモ耳にそっと触れた。

「これは……ほん、もの?」

ケモ耳に触れた王女の手は、思いの外優しかった。

「はい、本物です」

素直に肯定すると王女は一度、ケモ耳から手を放し数歩下がって私の全身を見た。

「もしかして、尾もあります？」

「……はい」

パンツからはみ出していた尻尾を見せてみた。すると王女の小刻みな震えが全身にまで蔓延する。そして王女の口から声にならない叫びが飛び出した。ああ、万事休す。引かれてしまった。仲良くなれたと思ったのに。王女を見る事が出来なくなった私は俯いてしまう。ところが、そんな私に聞こえた声は予想に反したものだった。

「なんて……なんて可愛いの⁉」

「はい？」

思わず顔を上げた私の目には、恍惚とした表情のイレーネ王女がいた。目がハートに見えるのは気のせいだろうか。

「ああ、聖女様。あなたは一体……どこまで可愛らしいのですか？」

「へ？」

なんか既視感を覚える。どうしてかな？　何故だか後ずさりしたくなる。けれど、王女の動きの方が速かった。鍛練時より速いのでは？　そう思わざるをえないスピードで、王女は私を抱きしめた。

「キャーッ」

びっくりし過ぎて悲鳴を上げてしまった。これはマズイ！　そう思った時にはもう、目の前に魔法陣が広がっていた。

「アリー⁉」

魔法陣から現れたのは勿論ルトだ。王女に抱きしめられている私を見ると、大きく舌打ちをして私から王女を引き剥がした。

「マズイ人間に知られてしまいましたね。これはもう見てない事にするしかないでしょう」

私を背後に隠し、剣を抜こうとするルトを慌てて止める。

「ちょっとルト、待って。ダメだから」

「何故です？　アルーバの人間に知られるなんて最悪の事態、早急に片付けねば」

「いや、だからってちょっと待ってってば」

今にも剣を抜こうとしているルトの手を両手で押さえる。その間も王女の目は私の頭上から離れない。おいおい、命の危機だよ。

「ぷにちゃん、手伝って」

そう言った時だった。先程光った魔法陣のすぐ隣に同じような魔法陣が光った。姿を現したのはお兄様だった。

「これは、困ったね」

現れてすぐに状況を理解したお兄様は、眉を下げながら王女を見る。まさか、お兄様まで王女を手にかけようなんてしないよね？　警戒する私の思いに反して、お兄様は笑い出してしまった。

「殿下と同じ反応をする人がいるなんてね。王女殿下の目がすっかりハートになっているよ。困ってしまうね」

困ると言っている割には笑いが止まらない。そんなお兄様を見て、ルトも拍子抜けしたのか剣を抜こうとしていた手の力が抜けた。

とりあえず落ち着こうという事で、四阿に移動する事にした私たちは、再びお茶を飲む事になった。ケモ耳はすっかり消えている。小さなテーブルを挟んで四方に置かれたイスには、私、ルト、お兄様、イレーネ王女の順で座っている。

「で？　お二人はいつの間に鍛練を共にする程仲良くなったのですか？」

ルトの冷たい視線が刺さる中、私と王女は順に説明した。昨日、偶然ここで出会った事。何故かすごくフィーリングが合う事。私の方から鍛練の誘いをした事。王女との鍛練が楽し過ぎて興奮してしまった事。全てを話し終えると、ルトとお兄様からは大きな溜息が漏れた。

「アリーがこんなに素直に懐くという事は、イレーネ王女殿下は悪い人ではないのだろうね」

お兄様の言葉に私はうんうんと頷く。けれど、ルトはまだ不機嫌そうだ。すると思いもかけないところから助け舟が出された。

『その者は大丈夫だ』

私とルトとお兄様の視線が一斉に膝の上にいるクストーデに集中する。

「その根拠はなんです？」

不貞腐れた声色でルトが問うと、クストーデはニヤリと笑った。

『勘、だ』

途端にルトから冷気が発せられた。お兄様は興味深そうにクストーデと王女を見比べている。

『まあ落ち着け。この王女はアリーを大いに気に入っている。その証拠にアリーを見る目がエンベルトと同じだ』

「はあ⁉　それは私のライバルになり得るという事ですか？」

『まあ、一番のライバルになり得るな』

「なんですって⁉　ではやはり、消す他ないですね」

クストーデの言葉が聞こえない王女は、不思議そうにドラゴンと王太子のやり取りを見ている。

「殿下、この件は私に預けてくださいませんか？」

二人の不穏なやり取りを遮るように、お兄様はそう提案してきた。私とルトはポカン。クストーデだけは面白そうに頷いた。

「えと、お兄様。消さないわよね？」

不安いっぱいの私の問いかけにお兄様が笑う。

「ふふ、大丈夫だよ。アリーを悲しませるような事はしないと誓うよ。少し人となりを知ってみようかなって思っているだけだよ。アリーがあの巫女のいる国の人間にすんなり懐いた事に興味が湧いてね」

ジッとお兄様のサファイアブルーの瞳を見つめる。お兄様のキラキラした瞳に嘘はないと感じた。うん、きっと大丈夫。私は素直にお兄様の提案を受け入れた。

それからすぐに午後の会食の準備をしなければいけないと、私はルトに連れられ四阿を後にした。お兄様と王女の方を振り返ると、二人とも私に向けて手を振ってくれた。なんだかその姿が妙に印象深く心に刻まれたのを感じながら、私は王城へと向かって行った。

会食は予定時間をかなり過ぎてから始まった。例に漏れず、巫女が遅れて来たからだ。日本人のままこの世界に来たというのに、この巫女は時間にルーズなのを気にも留めていない。エリア大司教も全く悪びれる様子がない。「救いの巫女」だかなんだか知らないが、国対国でこんなにいい加減な対応しかしないなんて、サルド王国のアッバス王太子でさえしないだろう。それでもガンドルフィンの面々は、不快感を顕にする事なく穏やかに振る舞っていた。

「そういえば今日は王城内でやたらと聖女という言葉が飛び交っているようですね」

会食の最中、エリア大司教がそう話を振ってきた。

「ええ、なんでも昨日、急に降ってきた雨から人々を守るように金色のガラスのような物が街中で現れたそうです」

ルトが感情を入れず、そう返答すると巫女が手を挙げた。

「あ、それぇ、アタシで〜す」

突然の告白にポカンとしてしまう。ルトからほんの一瞬冷気が漏れた。本当に一瞬だったから誰も気付いていないと思う。気付くのはお兄様くらいだろう。すぐに元に戻ったルトが感心したように巫女に質問した。

「ほお、巫女殿でしたか？　どのようになさったのかお聞きしても？」

「ん？　なんかぁ、急に雨が降ったからぁ、皆可哀想かなって思ってぇ。ちょっと頑張っちゃったのぉ」

再び漏れる一瞬の冷気。巫女ってちょっと頭がかわいそうなのかもしれない。質問に対する答えを返す事が出来ないらしい。一体どうしていきなりそんな戯言をぶっ込んできたのかな？　ガンドルフィンの誰もが同じ思いを抱いているだろう。

それなのにエリア大司教は巫女を大絶賛している。もう、勘弁してもらえませんか？　ルトの怒りが沸々と湧き上がっているのですが。いつ爆発するかわからないから怖い。午前中のイレーネ王女の件の時から続いているイライラのせいで、今日のルトは沸点が低そうだ。

「我が国の国民に心を砕いていただきありがとうございます。そのような素晴らしい魔法を巫女殿がどのように発するのか是非、この目で見てみたいです。食事が終わりましたらお披露目をしていただけませんでしょうか？」

意外にもルトは平静を保っていて、仮面のような笑みながらも巫女には十分にルトの魅力が伝わっているようだ。

「うふふ、そんなに見たいぃ？　う〜ん、どうしよっかなぁ」

食事の最中にもかかわらず、クネクネしながらルトを見ている。エリア大司教はそんな巫女をにこやかに見ている。そして最終的に巫女はこう答えた。

「昨日いっぱい力を使っちゃったからぁ、今日は無理かなぁ。澄香疲れてるんだよねぇ」

もう一体なんなんでしょう？　この国に来て既に四日目だというのに、一向に自分の魔力を見せようとしない。私を偽物だと言っているが誰の目から見ても、現段階では巫女の方が偽物と言われても仕方がないだろう。大司教も政治的観点で物事を捉えるなんて事は考えていないようだ。ただ、うちの巫女は凄いんだから敬えよと言っているようにしか感じない。それともそう見せるように振る舞っているのだろうか？

「あ、ねえねえ。今ってぇ、他の国の王子もいるんでしょぉ。澄香に会わせて欲しいんだけどぉ」

唐突に巫女がとんでもないお願いをしてきた。

「それは何故かとお聞きしても？」

すると巫女は間伸びした話し方で長々と話し出した。あまりにも長くてこのまま日が暮れるのではと真剣に思ってしまった。

端的に言うと、神様からこの世界に呼んだ対価として巫女の願いを一つ叶えると言われたそうで、巫女はイケメンが沢山いる場所に行ってイケメンたちと恋愛したいと望んだそうだ。

話を聞き終わった瞬間、デルフィーナ・セレート嬢の事が頭によぎった。まさかまたゲームの世界だと言うのだろうか？　今度は私がループするの？　そんな考えが浮かんだけれど、なんとなく今回は違うと感じる。だって、巫女に魅了の力はない。少なくともルトとお兄様は巫女に好印象など微塵も抱いていない。もしかしたらピアスの力かもと思ってみたりしたけど、二人とも熱を感じるような素振りは一切見せていない。そうは思っても、漠然とした不安が胸の片隅に残った……。

夕方、お兄様と一緒に家に帰ろうと中庭で待っていると、不意にクストーデが何かを感じたのか城の方を見つめた。

『あの女が来る。我は少し離れる』

そう言ったかと思うと、そのままぷにちゃんを連れて私の膝から飛び立ってしまう。あの女って？　誰が来るのかと思っていると「救いの巫女」だった。エリア大司教は見当たらないが、騎士たちをゾロゾロ引き連れて偉そうに歩いている。イレーネ王女の姿もない。巫女は真っ直ぐ私の元へやって来て、許してもいないのに向かいのイスにドカリと腰を下ろした。

「ねえねえ、あんたさぁ」

勝手に座るのも失礼なのに、いきなり馴れ馴れしい口調で話しかけられて、もう驚くしかない。そんな私をよそにテーブルに肩肘を付き、もう一方の手で私を指差しこう問いかけてきた。

「本当に聖女な訳？」

間延びした話し方は何処に行った？　声もワントーン、いやツートーンくらい低いけど？　しかも完全にこちらを蔑んでいる態度だ。ぶりっ子という仮面を剥がした彼女の正体はヤンキーと言っても過言ではないだろう。巫女がそんな態度をとるならいいですよ、受けて立とうじゃない。私は公爵令嬢モードを発動し、表情を変える事なく静かに話し始めた。

「そのようですね」

「はっ、マジで？　ウケる」

何処かウケるところがあったかしら？　表情は穏やかにしているけれど、脳内ではちゃんとツッコんでおく。巫女はツインテールにした髪をくるくると弄《もてあそ》びながら再び質問を投げかけてきた。

「あんたって何歳な訳？」

「十六です」

「は？　マジ？　ガキじゃん」

鼻で笑ったよ、この人。そりゃあ元の世界ではまだ高校生の年齢だけどね、この世界では一応成人扱いなんですよぉだ。脳の中だけ大忙しの私に構う事なく、巫女は勝手に喋り続ける。

「アタシなんてもう二十歳だから。アタシの事はお姉様って呼びな」

お姉様？　死んでも呼ばない。私がお姉様って呼びたいのはただ一人だもん。無言でいる私に黙って聞いてくれると思ったのか、巫女のお喋りは止まらなくなった。

「アタシさあ、高校卒業してから服屋で働いたんだけどぉ、店の人間とマジ合わなくてさ。あの日も先輩店員と喧嘩して、止めに入った店長に啖呵《たんか》切って辞めてきたんだよね。皆、アタシが男にチヤホヤされるのが気に食わないみたいで、いっつも意地悪してきてたからスッキリしたよ」

スッキリと言っている割に、表情はどこか暗い。

「でさあ、ああもうどっか遠くに行きたいなって思った訳。どうせならイケメンに囲まれて過ごしたいってさ。そしたら目の前が急に真っ暗になって、なんだって思ったら神様が現れたって訳。イケメンと好きなだけ恋愛すればいいって言ってくれたから来たんだよねぇ」

イケメンと恋愛したいから来た？　ある意味凄い人だな。この人、相当の男好きなのかもしれない。

「ところがだよ！」

途端に興奮したように声を大きくした巫女に、流石にちょっと驚いちゃったよ。

「アルーバには全然イケメンがいないの！　唯一イケメンだったのが王子だけ。仕方ないから王子と恋愛するかって思ったんだけど、王族って教会と仲が悪いの。だからなかなか会えなくて。萎《な》えるよね」

そんな事で同意を求めないでいただきたい。ああ、早くお兄様来ないかなぁ。

「だから神様にイケメンいないって文句言ったら、魔力を何度か枯渇するまで使えばイケメンがたくさんいる国に案内してやるって言われたの。で、ここに来た訳。ここマジでイケメンいっぱいいるよね。王太子とその後ろにいる人、マジでヤバくない？　ねえ、あんた王太子の婚約者なんだっけ？　別れてよ」

ド直球いただきました。もうなんなの、ホント。

「お断りします」

はっきりと言ってやると、ぶうぶう文句を言ってくる。

「いいじゃん、ケチ。あんたなんて貴族なんだから他にも結婚してくれる人探せるでしょ。王太子くらい譲んなよ」

「お断りします」

何度も譲れと言ってくる巫女を、同じセリフで断り続けていると、先に巫女がキレた。

「ああ、もう面倒だな。あんたなんか神様に消してもらっちゃおうっと」

殺人予告でしょうか。巫女の言っている神様がどんなものなのか知らないけれど、私はしっかり受けて立つからね。そう思っていると、城の方からお兄様がやって来たのが見えたので、私はここで巫女とはおさらばする事にした。

「迎えが来たので失礼いたします」

ちゃんと立ち上がりカーテシー程ではないけれど、ドレスの端をつまんで膝を軽く曲げた。そして優雅に微笑んでみせ、お兄様の方へと向かった。なにやら巫女が吠えていたような気がしたけれど、聞こえなかったから仕方ないよね。お兄様の元へ到着すると同時に、お兄様に手を取られる。そのまま馬車乗り場まで腕を組んで歩き出した。

「巫女と一緒だったようだけど、大丈夫だった？　意地悪されたりしなかった？」

茶化すように聞いてくるお兄様に、笑ってしまった。

「ふふ、大丈夫。なにやら吠えていたみたいだけど、軽くあしらっておいたから」

こちらも茶化すような返答をすると、お兄様は「流石私のアリー」と言って笑った。


翌日の朝。いつもより早く王城に到着した私たちは、真っ直ぐルトの執務室に向かった。執務室にはルトと宰相様とクストーデがいた。

「箱が見つかったと知らせがありましたが？」

お兄様が言うのと同時に、ルトは木箱から黒い箱を机の上に出した。一気に気持ち悪さが込み上げる。漆黒の闇から生まれたような真っ黒な箱は、サルド王国で見つかった物より悍《おぞ》ましく感じる。

「朝食の準備をしようとしていた料理長が見つけたそうです」

宰相様の言葉にクストーデが続いた。

『不穏な気配を感じた我が、料理長に探させたのだ』

朝からドヤってるドラゴンに、ルトが大きいクロワッサンを渡して黙らせる。

「野菜の入っていた箱の奥に忍ばせてあったそうです」

「では、気付かず野菜を出し入れしていたら……」

お兄様が途中で言葉を止めた。もしそのまま出し入れしていたら、その衝撃で箱が潰れてしまったかもしれないという事だ。その野菜の箱は昨日いつもの業者が持って来た物で、その時は黒い箱は入っていなかったと、料理長が証言したそうだ。

「一体誰が？」

宰相様がボソリと呟く。

「それも大事ですが、まずは他に箱がないかどうかです。クストーデ、この箱以外に気配を感じたりはしていないですか？」

既に半分程クロワッサンを胃袋に入れていたクストーデは、口に頬張っていた分をゴクンと飲み込むとゆっくり首を振った。

『他にはないな。昨日の昼までは少なくとも気配など皆無だった』

となると、入れられたのは夕方から明け方にかけて、という事になる。警備の厳しい王城の中に外から人が入るなどまず考えられない。皆の答えは多分同じだ。けれど、なにも証拠がない。

「こんな物をばら撒かれでもしたらいい迷惑です。クストーデに四六時中監視していただく事にしましょう」

　満面の笑みを浮かべて言い切ったルトだったが、そんな事をクストーデが大人しく了承する訳がない。予想通り、クストーデは拒絶した。

『ふざけるなよ、エンベルト。我から食事の時間と睡眠の時間を奪おうなどと痴れ者が。我がせずともアリーなら出来る』

　急に振られてびっくりした私は慌てて首をブンブンと横に振った。四六時中監視なんて鬼畜の所業ですよね。オレステくらい体力バカなら出来ない事もないだろうけど、私には無理だよ。勿論、これにはルトが噛ってかかった。

「クストーデ、神獣のくせにアリーを酷使しようというのですか？　ふざけた事を言っていると丸焼きにして食べてしまいますよ」

『我を丸焼きだと？　その前にお主が消し炭だ』

「消し炭になる前に、あなたを焦がしてみせます」

『お主如き、我の足元にも及ぶまい』

　ああ、もう。深刻な話のはずなのに。どうしてこうすぐに子供の喧嘩が始まってしまうのか。仲がいいのも大概にしていただきたい。二人のやり取りにうんざりしていると、宰相様が突然パアンと手を叩いた。小気味よい音が執務室に広がると、ルトもクストーデも驚いて黙った。

「よろしいですか？」

時折ロザーリオを思わせる表情をする宰相様だが、今もロザーリオが私やラウリスを怒っている時と同じ顔になっている。

「話を戻しましょう。アレクサンドラ様に四六時中監視が出来るとおっしゃった根拠を教えていただけますか？」

声を荒げるでもなく、いつも通りの口調で二人の言い合いを見事に止めた宰相様は、しっかりと話を戻した。

クストーデ曰く、私の聖魔法を城全体に行き渡らせる事が出来れば、センサーのような役割になるとの事だった。二日に一度くらいの割合で、魔力を注ぐ必要はあるが、私の魔力量であれば問題ないとの事。それならばと早速試してみる事に。均一に紙よりももっと薄い膜を張るように、その膜を王城全体に浸透させるように。言うのは簡単だが、これがなかなか難しい。一時間近くかけ、ようやく全てに浸透させる事が出来た。その過程でキッチンで発見された黒い箱は、すっかり浄化が終わっていた。流石に何度も魔力を放出した私は疲労困憊で、夕方になっても疲労が取れず今日はこのまま王城に宿泊する事になった。

嬉々として私を案内するルトに連れられて来たのは、ルトの私室の隣の部屋だった。

「客間の方にはあの連中がいますから」

もうそれはそれはいい笑顔で説明するルトに多少の危機感を覚えるも、疲れ切った頭では深く考える事も出来ず素直に従う。

「ルト、ありがとう。また明日ね、おやすみ」

そう言って案内された部屋の扉を開けようとすると、ルトに止められる。まだなにかあるのかなと思っていると、ルトが扉を開けた。最後までエスコートしてくれたのだと思ってもう一度「ありがとう」と礼を言って入ると、何故かルトも入ってくる。

ホワイトと淡いグレーで統一された部屋は、洗練されていてとても居心地のよさそうな雰囲気だった。調度品全てがアンティーク調で凝った作りになっている。

急ごしらえでここまで素晴らしい部屋を整えたのかと感心していると、当然のように淡いグレーの長ソファに腰を掛けたルトが、自分の隣をポンポンと手で叩いた。訝しく思いながらも、そうされると大人しく座ってしまう。座るや否や抱きしめられてしまったのだけれど、疲れた身体に人の体温って凄く癒されるのだと実感して、抵抗する気どころか、自分から擦り寄ってしまった。

「本当にお疲れ様でした」

ルトは私を抱きしめたまま、頭を何度も撫でてくれた。それがまた気持ち良くて抗えない眠気に襲われる。

「眠そうですね」

「ん」

言葉を紡ぐ事も出来ず返事だけすると、ふわりと宙に浮いた。ルトに抱き上げられたのだ。浮遊感と少しの揺れでもう私の意識は夢へと向かっていた。

そんな私を抱いたままのルトは奥にある扉を開けた。寝室になっている部屋のようで、こちらもホワイトと淡いグレーで統一されていた。大きな天蓋付きのベッドの前まで来ると、私をそっと下ろしたルトが自分もベッドに乗り上げてきた。

「せっかくですし一緒に寝ましょうか？」

多分、そんな感じの事を言われたと思う。でももう私は考える力すら残っておらず「おやすみ」と言って意識を手放しかけた。

『エンベルト、死ぬ覚悟は出来ているか？』

クストーデの声がした。

「ぷにぷに」

ぷにちゃんの声もする。そういえば、二匹を置いて行ってしまっていた。

「クストーデもぷにちゃんも、おいでぇ」

一緒に寝ようと呼びかけると、クストーデに『まだ寝るな、せめて着替えろ』と頬をペシペシと叩かれた。そんな小さい手で叩かれても痛くも痒くもない。

「どしたのぉ、早く寝るよぉ」

二匹を誘うと、もの凄い勢いで扉が開いた。

「おい、殿下。死にたいようだな」

ん？　あれ？　ここって家だったっけ？　聞き慣れた声が聞こえて少しずつ覚醒する。

「アリー、そこの腹黒殿下になにもされていないだろうな」

そこで私はすっかり目が覚めた。

「お父様？　どうしてここに？　ん？　ルト？」

　横を見ると私の隣で添い寝よろしく横たわっているルトと、その上に乗っかっているぷにちゃん、ルトの顔に尻尾をバシバシと当てているクストーデがいた。そして扉の前には厳《いかめ》しい表情のお父様とニコニコしているお兄様が立っている。

　尻尾、結構な衝撃音を奏でちゃってるけれど痛くないのかな？

「あの、ルト。どうしてベッドに？」

　部屋に案内してもらった事までは覚えているのだけど……そこから先が曖昧だ。

「それは勿論、添い寝をして差し上げようと思ったからですよ」

　ああ、そうね。予想通りの答えだったよ。予想通り過ぎて呆気に取られている私の代わりになのか、クストーデの尻尾の威力が増した。それなのにルトの笑顔は消えない。

「ふふ、そんな事をしても無駄です、クストーデ。私は今、凄く幸せなんですから。なにせ願いが叶ったのですから」

　バシバシ叩かれながら言うセリフではない気がする。でもまあ、幸せならよかった。具体的な願いの内容とかは、ちょっと怖いから聞かないでおくよ。

　そう思いながらベッドから起き上がるのと同時に、今まで扉の前で立ったままだったお父様がこちらに近付いて来た。ゆっくり歩きながら剣の柄頭を握り、そのまま剣を抜いた。スラリと伸びた刀身はギラリと光りながらルトの頭上で止まる。

「殿下、最後になにか言い残しておくか？」

「ええ!?　ちょっと待って」

いきなりの急展開に驚いた私は、咄嗟に守ろうとルトの上に覆うようにして自分の身体を乗せた。

「お父様、落ち着いて。大丈夫、私はなにもされていないから……多分?」

ああ、断言出来ない。でも、流石に眠っている人間に手を出すような真似はしない……はずだよね?　正直者の私はどうにも断言出来ないのが辛いところだ。それでも、ルトから退かずにお父様を見つめ続けていると、お父様は大きな溜息を吐いてゆっくりと剣を納めた。安心してホッと息を吐くのも束の間、クストーデがニヤニヤしながらお父様の目の前に立つ。

『父上殿、ここは我が灸《きゅう》を据えてやろう』

見つめ合ったお父様とクストーデは同じような顔でニヤリと笑《え》んだ。そしてクストーデはすぐにぷにちゃんに合図のようなものを送る。するとルトの上に乗っていたぷにちゃんは、身体の一部を鞭《むち》のように長く伸ばす。その時、ルトの顔が見えたんだけれど、まだ笑ってた。精神が崩壊していないといいけど。

『よし、ぷに、行け!』

クストーデがゴーサインを出した瞬間、鞭のようなぷにちゃんの一部がルトの臀部に振り下ろされた。

「!」

ピシリ!　と聞いただけで痛そうな音に、思わず目を瞑ってしまった。流石にルトも痛みで怒るんじゃないだろうか？　そう思いつつゆっくり目を開けると……まだ笑っている顔のルトがいた。これには誰もが恐怖を感じたに違いない。その証拠に皆、固まったまま顔をひきつらせてルトを見ているもの。やっぱり精神崩壊？　皆に見つめられているルトは、ゆっくりとベッドから起き上がった。

「今のでこれが夢ではないと実感出来ました。一緒に寝る事は叶いませんが、すぐ隣にアリーがいる。これだけで今は十分に幸せです」

　そしてそのまま立ち上がり、扉の方へ向かう。

「では、アリー。いい夢を……後で様子を見に……」

　軽く手を振り、扉を開けて出て行くルト。ククと笑いながら追いかけたお兄様。呆然と扉を見つめ続ける私たち。最後の方はよく聞こえなかったけれど、不穏な事を言った気がしてならない。お父様も同じ考えだったようで、もう閉まっている扉を見ながらボソリと言った。

「アリー、鍵はしっかり掛けなさい」

　あれからすぐに数人の侍女が来て、お風呂の用意をしてくれた。疲れが取れるからとオイルマッサージまでしてもらったお陰で、身も心もスッキリした状態でベッドに入る事が出来た。そして眠りについてどのくらい経ったのか、部屋の奥に影のような物を見た。まさかルトが入ってきた？　一瞬、そう思ったがどうも違う。

『これは夢？』

　意識はあるが身体は眠っているのか動かない。だからといって金縛りではない。夢の中で自分のいる部屋を見ている、そんな感じ。影はゆらゆらと形にならない靄《もや》のようで、なんだか気分が悪くなる。明らかに私に対して悪い感情を持っているのがわかる。

『クストーデ？』

いつの間に起きたのか、枕元で丸まっていたはずのクストーデが警戒した様子で、影の方を見ている。どうやらクストーデにも見えているらしい。

『やはりな』

そう呟いたクストーデは小さい身体のまま、影に向かって咆哮する。ゆらゆらとゆらめいていた影は咆哮によって霧散した。

『クストーデ？』

呼びかけた私にクストーデは近付いて来て、身体を擦り寄せてきた。

『大丈夫だ』

それだけ言うと私の顔に身体を寄せて眠ってしまった。

六章　サルドの王子、再び

翌朝、少し遅めに起きた私はダイニングへ向かった。この時間ではルトたちは勿論、誰もいないだろうと思いつつ中へ入るとエリア大司教が一人だけで食事をしていた。

「おはようございます」

無視してしまいたかったが、そういう訳にもいかず挨拶だけして離れた場所に座ろうとしたのに、挨拶を返した大司教はわざわざ私の向かいに席を移動してきた。

「お食事中に席を移動なさるのは、あまりお行儀のいい事とは言えませんが？」

嫌味を言うとクスリと笑われた。

「確かにそうですが、せっかくですので一緒にと思ってしまいました」

悪びれる様子もないその目は、私を舐めているようで嫌な気分になる。それになんだか嫌な感じがする。どう嫌なのかと問われると、上手く答えられないけれど。それでも気にする方が負けのような気がした私は、すぐに運ばれた料理に集中する事にした。黙々と食べている私を尚も見続けていた大司教が、急に質問を投げかけてきた。

「聖女様の魔力の数値はいかほどですか？」

「さあ、わかりません」

「わからない？　測定していないのですか？」

「ええ、かなり多いという事はわかっていたので」

チラリと大司教を盗み見れば、納得いかないような、考え込んでいるような表情をしている。

そんな顔をされてもわからないのは本当だから仕方ない。だって、ラウリスの婚約者になりたくなかったから、王族に気に入られてはいけないからと隠す事しか考えていなかったもの。結局、魔力関係なく王族へ嫁ぐ事にはなったのだけれど。

「先にあなたを見つけていれば、もっとスムーズに事が進んだかもしれない」

急にそんな言葉を吐いた大司教の顔が、何かを企んでいるように見える。これ以上この人と二人でいてはいけない、そんな考えが頭の中にちらついた。

「聖女様、あなたが聖女となったのはいつだったのですか？」

それを聞いてどうするのと思わないでもないけれど、別に隠す事でもないので素直に教える。

「五歳の頃です」

すると、彼の中では予想外の答えだったのか、驚いたような表情をした。

「そんなに早くですか？　そうですか。それは……本当に……」

本当になんなのよ。どうして残念そうな顔をする？　大司教が何を考えているのか、さっぱりわからない。ま、わかりたいとも思ってないけどね。無視して食事を再開すると、大司教はおもむろに立ち上がった。

「これから祈りの時間ですので、先に失礼させていただきますね。ああ、その前に是非、お近づきの印に聖女様の御手に触れる事を許してくださいませんか？」

ここで断るのもおかしいと思い、座ったままではあったがフォークとナイフを置き手を出した。

「ありがとうございます」

大司教は私の手を取ると甲に唇を近付けた。その瞬間、なんだか妙な気配を感じた。咄嗟に聖魔法を放つ。と、その時。

「申し訳ありません。お取り込み中でしたか」

恐縮した面持ちで入って来たのはイレーネ王女だった。王女を見た途端、大司教は私の手を離した。

「いえ、ただご挨拶をさせていただこうと思っていただけですので。王女殿下はこれからお食事ですか？　私はそろそろ祈祷の時間となりますので、お先に失礼させていただきます」

そそくさと扉の方へ向かう大司教をなんとなく目で追っていると、一瞬、ほんの一瞬だが、恐ろしいとしか言えない形相をした気がした。けれど出て行った彼の表情はいつも通りだった。なにか見てはいけないものを見た気分になっていると、イレーネ王女が私のすぐ傍に近付いて来た。

「聖女様もお食事でしたか。私もこれからなんです。鍛練に熱が入ってしまいまして」

ん？　なんだろう、王女の顔がいつにも増して美しい？　はっ、もしかして私に会えて嬉しかったから？　それなら私も嬉しい。今し方の嫌な気持ちはすっかり消え、私たちは並んで食事をする事にした。

「先程、エリア大司教に手を握られてましたが、なにかされた訳ではないのですか？」

心配そうな顔でそう問いかけてきた王女に、私は笑って首を振る。

「大丈夫ですよ。ただ手にキスをしたかっただけみたいです」

妙な感じがした事は伏せておく。王女の事はとっても好きだけれど、流石に王女の国の大司教を悪くは言えない。けれど、王女の表情は変わらず、それどころか沈んだような声色になる。

「私が言える立場でない事は重々承知ですが……エリア大司教にはあまり心をお許しにならない方が賢明です」

「それは、どうしてか伺っても？」

あの大司教は信用してはいけない、それは私の勘も言っている。でも今はそれよりも、王女の辛そうな表情が気になってしまう。そもそも最初から不思議だった。教会側であろう騎士たちと異なる騎士服姿のイレーネ王女。巫女教と言っても過言ではないくらい、巫女に陶酔している彼らの中で異質な存在であり、決して巫女を崇拝はしていない。そしてエリア大司教にいい印象を抱いていない。それでも自分の国の人間であるからなのか、それとも私がまだ信用に足る人間にはなっていないからか、黙り込んだまま理由を教えてはくれなかった。

「殿下、今日はなにかご予定はございますか？」

理由を聞くのは諦め、私は王女ともっと仲良くなる事にした。出来るならお姉様って呼べるくらいになれたらいいなぁ。

午後、私はイレーネ王女と共に街を散策する約束をした。ルトに話したら、途中で合流したいと言われてしまったけれど。でもそれも楽しいかもしれない。ルトに頼んで質素なワンピースを二着用意してもらい、二人でそれを着て出掛ける事にした。淡いパープルをイレーネ王女が、淡いグリーンを私が着た。

「あの、似合っておりますでしょうか？」

所在なさげにしているイレーネ王女がもう、なんというか可愛いの一言です。慌てて鼻を押さえながらコクコクと頷いてみせる。まさか、大人の女性でも鼻血案件になるとは思わなかったよ。

「とっても似合ってますよ。もしかしてこういう服装は初めてでしたか？」

初々しい反応だったので聞いてみると、王女は照れながらコクンと頷いた。

「はい。幼い頃は着ていたと思いますが、騎士になってからは着る機会がなくて。公式の場でのドレス以外はほとんどパンツ姿だったので、その……足元が覚束ないですね」

出る！　出る！　鼻血出ちゃうって。このままでは本当に危ないので、早々に街へ向かう事にした。

王女は可愛い物好きだという事なので、可愛い雑貨屋さんをメインに見て回る事にした。可愛い物が好きだと知っている私と一緒だからか、王女は素直に楽しんでくれているようだ。

「アルーバには、こんなにたくさんの可愛いお店はありません。ガンドルフィンが羨ましいです」

黒い瞳を星空のようにキラキラさせて、目にする物全てに感動している王女が本当に可愛い。途中で何度もぷにちゃんに警告されてしまう程、私の顔はだらしなく緩んでいた。

「そういえば、今日は神獣様はいらっしゃらないのですね」

王女が不思議そうに問いかけてきた。

「はい、今日は予定があるらしくて」

黒い靄の夢の後、クストーデはやる事があると言って、何処に行くのかも告げずに消えてしまったのだ。いつ頃戻るかも教えてくれないまま行ってしまったのだが、不思議と不安はない。残念そうな表情になった王女には申し訳ないけれど、クストーデがいると食べ物以外のお店をゆっくり回るなんて出来ないかもしれなかったからちょうどいいしね。

「流石に少し疲れましたね。近くのカフェにでも行きましょうか？」

カフェへ向かおうとすると、前から来た二人組の男性に声をかけられる。実はもう何度も同じような事が起こっていた。やっぱり綺麗な人を連れているとそうなるんだよね。

「お美しいお嬢さん方、よかったら一緒にカフェにでも行きませんか？」

何度目かわからないナンパに、私たちも慣れたもので「結構です」ときっぱり言って通り過ぎる。ところがこの二人は少し違っていた。

「いやいや、そんなに冷たくなさらなくてもいいじゃないですか。せっかく出会ったのだから少しくらい」

そう言いながら男性が私の肩に手を伸ばしてきた。勿論、触れられる前にその手を掴んでくるりと回る。掴んでいた手は必然的に捻《ひね》られてしまう訳で。

「イタタタ、ちょっと！」

苦悶の表情を浮かべながら文句を言う男性に向かって、私はニッコリと微笑んだ。

「行きません」

手を離すと捻った腕をさすりながら、スタコラと逃げて行った。

「弱すぎですね」

静観していた王女がボソリと呟いて笑い出した。つられて私も笑ってしまう。

「ふふ、私に勝てる人はこの辺りにはいませんから」

「そうでしたね」

笑いながら私たちはカフェへと向かった。そこは観葉植物と白い花で飾られたカフェだった。ケーキと飲み物のセットを頼み、一息つく。ぷにちゃんにもしっかり二個のケーキを頼んだ。一個なんてロールケーキ一本。すっかりクストーデに毒されている。

「聖女様は本当に体術がお得意なのですね」

「はい」

体術ではほぼ負けなしな事や剣術も好きな事などを話すと、楽しそうに聞いてくれる。その流れで私は一つの提案をしてみた。

「その、聖女という呼び方、やめませんか？」

「え？　ですが……」

「私は殿下ともっと仲良くなりたいです。出来ればお姉様とお呼びしたいのです」

躊躇する王女に被せ気味に言葉を続けた。なかなか恥ずかしい事を言った自覚はある。でも、本当にそう思っているんだもん、言ってしまったもん勝ちだ。私がした提案に王女の頬が上気した。よし、可愛い。

「実は……私も聖女様ともっと親しくなりたいと思っておりました。見た目の可愛らしさと予想外にお強いところ。お話ししているととても楽しいですしそれに……」

口を濁しながら私をチラリと見た。ああ、言いたい事はわかったよ。だって今この瞬間、王女の目はルトと同じ目になったもの。

「では、私の事はアリーとお呼びください」

それならと早速お願いすると、すんなり受け入れてくれた王女は私にも提案をしてきた。

「それならばアリーも敬称なしで。その……お姉様、でもいいですよ」

うおぉぉぉ、やった、やりました。お姉様、ゲットです。

それからも色々な話をした。王女には双子の兄がいるらしく、王太子として頑張っているのだそうだ。自分はそんな兄のサポートをしたくて、昔から得意だった剣の腕を磨き神国騎士団の副団長にまで、実力で昇り詰めたという事だった。

「その神国騎士団と巫女の傍に連なっている騎士の人たちは別物なのですか？」

ずっと気になっていた事を聞いてみた。すると、これはすんなりと教えてくれた。

「巫女様のお側に控えているのは聖騎士団と呼ばれる、教会で抱えている騎士団です。中でもあの白と青の騎士服は、精鋭と言われる者たちの集まりらしいです」

あれが精鋭。それは強さが？　それとも心酔度が？

んだよ。

「とても強そうには見えませんよね」

思った事を直球で言ってしまった。でも仕方ないよね。誰一人として強そうには見えなかった
するとと、暫しポカンとして固まった王女が、クスクスと笑い出した。

「ふふふ、そうですね。正直、私より強い者はいないと思いますよ」

暫く笑っていた王女が、頼んでいたラテをコクリと飲んで一息つく。そして真剣な顔に変わり
私をジッと見つめた。

「今回の視察に私は王族側の代表として、無理矢理同行しました。巫女様ではなく、ブラジオーガ王国を救ったと噂されている聖女様が本物の聖女である事を確認する為にです。巫女様が降臨なさってから幾年も経っていないのに、やっと国として豊かになっていたというのに、我が国は今や疲弊する一方で……。このまま教会が国を牛耳っていたら、確実にダメになってしまいます。世界に聖女は一人と言われています。だからアリーが聖女であれと願っているのです」

国を憂いているのが凄く伝わってくる。この方は決して王族だから権力を握りたいと思ってる訳ではない。教会が握っている権力を手放して欲しい、そう思っているのだ。真剣な言葉には真剣に返さなくてはいけない。私もジッと王女を見つめた。

「少なくとも、私のこの聖魔法は神自身から与えられたものです。クストーデも私の聖魔法に神の力を感じたと言って私の元にやって来てくれました」

すると、一気に力が抜けたのか、王女は大きく息を吐いた。そして途端に申し訳なさそうな顔

をする。

「ごめんなさい。せっかくの楽しい場で突然、こんな事を言ってしまって」

うん、やっぱりこの方は優しくて思いやりがあるいい人だ。私は満面の笑みを浮かべて首を横に振った。そして再び楽しい話題に切り替えた。

「そういえば、エンベルト様とジャンネス様が後からいらっしゃるとおっしゃっていましたけれど、ここにいる事をどうやって伝えるの？」

「ああ、それは」

ルトには私の現在地がわかるのだと言おうとした時だった。

「あまりにお美しいお嬢様方に、思わず声をかけてしまった無礼をお許しください」

私たちのテーブルに二人の男性がやって来た。見た感じ、貴族っぽい。私を見てなんの反応も示さないという事は、高位の貴族ではないのだろう。店の中でまでナンパに遭遇するなんて嫌になってしまう。

「申し訳ありません。人を待っておりますので」

そう言って断っているのに、二人は去ろうとしない。耳が聞こえないのかしら？

「そんな風におっしゃらず。では、こうしましょう。待ち人が来るまでの間、私たちと過ごす。いかがでしょう？」

あ、聞こえてはいたのね。それなのに引き下がらないなんて度胸はあるようだ。しかし、こちらとしてもどんなに誘われたところで答えは一択しかない。

「結構です」

これでよし。そう思っていたのに、甘かったようだ。

「はっきりとおっしゃいますね。しかし、こんなにお美しいお二人を諦めるには忍びない。少しでいいのです。お話ししましょう」

しつこい。口だけではダメなようだ。王女もイライラし出しているのがわかる。このまま立ち上がってその勢いで掌底《しょうてい》でも決めてしまおうか。王女が薙刀を出してしまう前に二人をどう沈めようかと考えていると、入り口の方から人のざわめきが聞こえた。女性たちの感嘆の声だ。その原因が男性たちの背後に迫る。

「失礼ですが、私たちの連れに何か御用でも？」

にこやかに対応しているように見えても、目は一切笑っていない。声を掛けられた男性たちはハッとした顔付きになった。多分、誰なのかわかったのだろう。そしてあろう事か、そのまま無言で逃げて行ってしまったのだ。

「随分と失礼な人たちですね。ジャン、あなたなら今の二人が何処の誰なのかわかったのでは？」

逃げて行く二人を目で追いながらルトがお兄様に問うと、すぐにお兄様が答えた。

「そうですね、多分。すぐにでも家の方に抗議文を送りましょう」

ルトに負けないくらい冷ややかな笑みを浮かべたお兄様は、何かをスマホに打ち込んだ。ああ、あの二人はもうおしまいだろうな。

王女は一連の流れを呆気に取られた様子で見ていた。そして慌てたように立ち上がって礼をしようとした。けれどルトにそれを止められる。

「プライベートなのですから、余計な礼儀は必要ないですよ」

「ありがとうございます」

周りの注目を集めながら、私たちは席についた。

「それにしても」

ルトは隣に座って早々、私の方を向いて頬杖をつきながら、もう一方の手で私の髪を一房取った。

「少し目を離しただけで、すぐにおかしな虫を引き寄せますね。やはり鳥籠に入れてしまった方がいいのかもしれません」

取った髪をくるくると弄びながら、笑顔で恐ろしい提案をしてくる。私のせいじゃないのにと反論しようとするが、ルトが続けた言葉に吐きかけた息をヒュッと飲み込んだ。

「鳥籠が叶わないのなら、可愛らしい首輪をつけるのはどうです？　色はそうですね、やはり私の瞳の色に合わせてグリーンにしましょうか。大きな鈴と私の名前を刻んでおけば、誰もアリーに手を出そうなどとは思わなくなるんじゃないでしょうか」

話しているうちにルトの目がちょっとおかしくなってきた。恍惚とした表情に変わっていく。

「首輪をしている時にあの可愛らしいケモ耳が出てきたら……ああ、それは是非見てみたいですね。きっと史上最強の可愛さです」

も、本気で怖いです。これはそろそろぷにちゃんに助けを求めよう、そう思った時、思っていないところから声がした。

「ケモ耳？」

イレーネ王女だ。先程までは心配そうな表情を浮かべていたはずなのに、今は黒曜石の瞳が輝きまくっている。これはなんだか嫌な予感。

「ケモ耳とはアリーのあの？」

「そうです。あの可愛らしい耳の事です。ケモノの耳を略しての呼称だと思うのですが、なんとも愛らしい響きではありませんか？」

「ケモ耳、ケモ耳……確かに。とてもいい響きです」

二人のボルテージが一気に上がった。そこからはもう、いたたまれない程ケモ耳談義に花を咲かせまくって、店内が花畑になってしまうんじゃなかろうかという程だった。

「尻尾も触ったのですか？　それはなんともお羨ましい。やはり最高の感触だったのでしょうね」

「ええ、それはもう。危うく理性が吹き飛ぶところでしたよ」

吹き飛ぶどころじゃなくて吹き飛んでたよね。お兄様と二人、無言でお茶を飲みつつ脳内ではツッコミの嵐が吹き荒れる。ぷにちゃんは五個目のケーキを食べちゃってる。ちょっと身体が膨らんだのでは？　そして二人の会話は尽きる事を知らない。

「そもそもアリー自身が可愛らしいのに、そこへあのケモ耳です。もう本当に最強だと思いませんか？」

「思いますー　私も初めてみた時は、無意識に抱きしめてしまいましたもの。アリーは本当に可愛らしいです」

「ですよね。よくわかっていらっしゃるじゃないですか」

「はい！」

誰かぁ、助けてくださぁい。お兄様を見れば会話にこそ入らずにいるけれど、軽く笑みを浮かべて無言で頷いている。え？　これなに？　なんの時間？　拷問？　新手の拷問なの？　いつ終わるの、これ。終わりの見えない地獄の時間に耐えきれず、気が付けば私はコーヒーをブラックで頼んでいた。ここの空間の甘さに心だけでなく身体も耐えられなくなっていたらしい。

「はあ、スッキリする」

こうしてなんとか砂糖漬けの時間を凌《しの》いだのだった。ただ、これがきっかけでルトは王女を仲間と認めたようで、私と親しくする事に不満を表すような事はなくなった。


精神的疲労感に苛《さいな》まれながら王城へと戻ると、何故か応接室へ通された。もしかして巫女にまた絡まれるのかな、と思いつつ皆で応接室へ入るとそこには長ソファに寝そべったアッバス王太子と、足を組んで優雅にお茶を飲んでいるナシル殿下の姿があった。

「うえ、なんで？」

疲れのせいで本音がポロッと出てしまった。それでもアッバス王太子もナシル殿下も気にする様子はない。それどころか王太子は豪快に笑いながらむくりと起き上がった。

「聖女、相変わらずだな。まあ、そこが気に入っているんだがな」

気に入ってくれなくていいのに。それにしても本当にどうして？　不思議に思い首を傾げているとナシル殿下も首を傾げながら答えた。

「突然、エンベルト殿からガンドルフィンに来いと連絡をもらいまして。理由は全く聞いていないんですけど、兄上が喜んでしまいましてね」

そうなると名前が上がったルトへと視線が集中する訳で。皆が見ている中、涼しい顔をしているルトはパチンと指を鳴らしてから、私たちを座らせた。多分、防音魔法をかけたのだろう。

「あなた方を呼んだのは他でもありません。アルーバ神国の巫女の相手をしてください」

「は？」

「はい？」

言われた二人の王子はキョトンとしている。全く理解出来ていないのだろう。それはそうだ。それでも王太子はなんとか理解しようと質問を投げかけた。

「アルーバってうちの北にある？　神が造った国とか嘯《うそぶ》いている？　そこの巫女だって？」

見事な三連の質問に、ルトは爽やかに微笑みながら一言だけ返した。

「はい」

その場が一瞬沈黙に包まれた。きっと王太子の頭の上にははてなマークがたくさん浮いている事だろう。しかし、ナシル殿下は流石、少し考えた後こう発した。

「巫女と言えば、イケメンを探しているのだという噂を耳にした事がありますが、それに関係が？」

やっぱりこの人は侮ってはいけない人だ。というか、兄弟揃って自分たちがイケメンだという自覚があるんだね。そう感心していると、嬉しそうに笑っているルトが大きく頷きこう言った。

「その通りです。イケメンのお二人には巫女と恋愛してもらいます」

再び訪れた沈黙。その中でルトの楽しそうな笑い声だけが響いている。結局、もう少し説明をと求められたルトが「アッバスにもわかるように説明します」と嫌味を加えながら説明した。

巫女が他の王子を呼べと言っていたのを受け、ちょうどいいからと二人を呼んだのだそうだ。ジュスト殿下とフレド王子は巫女よりも年下であるし、あの巫女に相対するには少し危ないと思い、女癖のよろしくない二人の方がうってつけだと思ったのだそうだ。

「なんだか嫌味のオンパレードですね。まあ、否定が出来ない時点で致し方ないのですが」

ナシル殿下の乾いた笑いが聞こえたが、確かにうってつけなのは否めないので仕方がない。アッバス王太子もガシガシと頭を掻く。

「で、具体的にどうすればいい？　喰ってしまえばいいのか？　アルーバの人間は好きじゃないんだがな」

女性ならなんでもいいのかと思っていたから、王太子の言葉は意外だった。

「どうせなら聖女がいい。それか聖女の隣の見た事のない美女でも構わん」

その瞬間、ルトの剣が王太子へ向いた。すぐに王太子は両手を上げる。

「嘘だ、冗談だ。わかっているだろう。相変わらず怖いな、エンベルトは」

そう言いながら笑ってる。剣を向けているルトも笑みを浮かべている。

「あなたの場合、冗談だと言ってその実本気だったりするのでね。アリーは勿論ですが、彼女にも手出しは無用で。まあ、襲われたとしてもこの二人はあなた如きには負けませんがね」

ルトの言葉に二人の王子が反応した。

「お、愛人か？　婚約者の前で堂々と。いいのか？」

「本当です。そんな軽薄な方だったなんて」

その瞬間、ルトの周りから冷気が漏れ出した。

「全く。あなた方は下世話な思考しか出来ないのですか？　私の最愛はアリーだけです。この方は私の仲間であるのと同時に、アッバスが嫌がっているアルーバ神国の第一王女殿下ですよ。そんな事もご存知ないのですか？」

ルトは蔑むような視線を二人に浴びせながら説明した。二人は揃って驚いた表情をしている。どうやら南北に位置する国同士であるにもかかわらず、互いに全く知らない存在であったようだ。

改めて自己紹介をしてから、再び話を続ける事となった。

「アルーバは他国と交流をほとんどしておりませんでしたから」

申し訳なさそうに王女は自国の現状を話し出した。長い期間、アルーバは最低限の交易以外で他国との交流は皆無と言っても過言ではなかったのだそうだ。教会が神国以外の血が入り込むのを嫌がったからだったらしい。

そして、そんなアルーバの南に隣接しているサルドも、アルーバにはいい印象を持っていないようだ。アッバス王太子は王女には悪いがと話し始めた。

「アルーバは神が直接造った国だと言われ、教会が国を治めている。知っているのはそれくらいだ。本当にそれくらいしか情報がないんだ。アルーバはどうも辛気臭い空気が漂っていて苦手でな。城を出入りしている行商も、仕事じゃなかったら行きたくないとよく零していた。少し前からは巫女が降臨して、直接神と接する唯一の国となったらしい、なんて噂もあったな。まあ、これは正直、眉唾物だと思っているがな」

一通り話した後、王太子は王女に「すまないな」と直接謝罪をしていた。それからニヤリといつもの笑みを浮かべ王女をマジマジと見た。

「それにしても、イレーネ王女も聖女に負けぬ程いい女じゃないか。どうだ？　王女ならいつでも迎え入れるぞ。あ、申し訳ないが正妻は聖女なんだ」

そこまで言った王太子の目の前に、剣の鋒《きつさき》を向けたルトが不適な笑みを浮かべた。

「アッバス、やはり腕の一本くらいは落としておきましょう」

「わかった。わかったから落ち着け。冗談だという事はエンベルトだってわかっているだろう」

「いえ、冗談にはどうしても聞こえませんでした」

仲良し男子のじゃれ合いが始まってしまった。これは当分終わらないだろうと、お兄様が代わりに、今後の巫女への対応の仕方などの話を進めてくれた。

その翌日。早速二人の王子と巫女を対面させる事にした私たちは、巫女へランチを一緒にと誘った。私がいるのは不満そうだったけれど、他国の王子を二人紹介すると話したらそれはそれは嬉しそうに同意したが、エリア大司教は珍しく遠慮するとの事だった。

サルドの二人の王子を見て巫女のテンションは一気に上がった。王子たちは初めてガンドルフィンに訪問した時に着ていた、トーブのような民族衣装を着ていた。

「え？　マジ？　ヤバ」

興奮気味の巫女は先程からこの三文字しか言っていない。まあ、それはそうだろう。四人ものイケメンが並んだ様子は、確かにヤバイ。私も巫女の背後から眺めて壮観だわと思ったもん。

「巫女は転移者なのか。一人きりで異なる世界に来るなんて、さぞや勇気がいっただろう」

「巫女殿は神と対話出来るのですか？　それは凄いですね。そんな凄い人と知り合えて幸せです」

「巫女の黒い瞳は夜空のように美しいのだな」

「着ている装束もとてもよく似合ってます。可愛いですね」

流石、何人もの女性を侍《はべ》らせている王子たち。まるで息をするように褒め言葉を連発している。もう巫女はメロメロ状態だ。それを見ているルトの目は完全に死んでいる。私は正直、面白くてしょうがない。自分があの立場になるのは死んでも嫌だけど、傍から見るにはなかなかに楽しい光景だ。二人の王子に挟まれた巫女は、幸せそうに笑みを浮かべて右に左に忙しそうだ。

「いやん、澄香《すみか》困っちゃううぅぅ」

なんて言っているその顔は、涎でも垂らすんじゃないかと心配するくらいだらしない。いや、ちっとも困ってなんてないよね、脳内でそうツッコミながら笑いを必死で堪える。お兄様も肩が小刻みに震えているし。

巫女の背後に並んでいる騎士たちは皆笑う事もなく、くねくねしている巫女を見守っている。列の一番端には王女もいた。王女もまた、慣れているのか涼しい顔で真っ直ぐ前を見て立っている。そんな王女が、ふと視線をこちらに寄越した。誰にも気付かれないように微笑んでみせると、王女もほんの少しだけれど頬を緩ませた。それだけで嬉しくなってしまう。こうしてランチはいい感じで終わる事が出来た。

「えぇー、この後は一緒にいてくれないのぉ？」

食事を終えた私たちが巫女一行を見送ろうと席を立つと、巫女がつまらなそうな顔でイケメン軍団に言う。

「私はこれから公務があるのでご一緒する事は出来ませんが、あなた方はお暇でしょうから巫女殿と一緒に過ごされては？」

ニヤニヤとアッバス王太子たちにルトが提案する。

「ああ、そうしたいのは山々なのだがな。ここに来たのはガンドルフィンとの友好条約の件で話し合いをする為なのだ。仕事を放り出すという事は、国の民たちを放り出すのと同じ事。俺はそんなクズな事はしたくない。わかってくれるな」

アッバス王太子は巫女の真正面に立つと、巫女の手を取りながら流暢にそう言った。ああ、巫女の目が完全にハートになったのが見えた。これは落ちただろう。

「そっかぁ、お仕事なら仕方ないなぁ。澄香、我慢するぅ。その代わりぃ、夜ご飯は一緒に、ね」

「ああ、そうだな。仕事が終わったら改めて誘うとしよう」

もうね、心の中で拍手喝采してます、私。この人本当に凄い。顔色ひとつ、眉ひとつ動かさずに平気で嘘を言ってのけてる。立派な詐欺師だ。それとも本気で巫女の事を気に入ったのかな？それなら祝福しよう。そう心に決めつつ、私は巫女たちの姿が消えるまで見送った。


「こんなもんか？」

ルトの執務室へ入った途端、王太子はそう言うと、そのままドカリとソファにふんぞりかえる。私もルトもぷにちゃんも、割れんばかりの拍手を送った。

「いやあ、予想以上の働きでしたね。流石、生粋の女ったらしです。上々ですよ」

「それ、褒めてるか？」

「勿論ですよ、ねえアリー」

いきなり私に振らないでと思ったけれど、確かに褒め称えるに値する口説きっぷりだったので素直に頷く。

「はい、本当に凄かったです。奥様がたくさんいらっしゃるのも、愛人をたくさん囲っていらっしゃるのも納得です」

せっかく褒めたのに、王太子がムスッとした表情になってしまった。

「聖女、お前、俺をバカにしているだろう」

どうしてそんな風に捉えるのかしらね。素直に称賛しているのに。

「そんな訳ありません。本当に凄いなって感心しています」

「やはりバカにしているじゃないか」

だから、なんでそうなる？　褒めて拗ねられるってどういう事よ。

すると、王太子の横に立っていたナシル殿下がクスクスしながら私に言った。

「質問ですが、聖女様が兄上に先程のように口説かれたら、あの巫女のようになりますか？」

巫女のようにって、メロメロ状態になるかって事？　いやいや。ならない、なる訳がない。あの時も見ているのは楽しいけれど、自分があの立場になるのは嫌だって思ってたし。

「ならないですよ。あれは見ているから面白い訳で」

そう答えた途端、ますます王太子の顔が歪んだ。ルトとお兄様は既に声を出して笑っている。ナシル殿下も我慢出来ずに吹き出していた。

「そういう事ですよ。感心はするけれど自分には効かないよって、それは兄上にとっては結構辛辣だと思います」

「本当に聖女は一筋縄ではいかない、俺を振り回す天才だな」

溜息混じりに言われてしまった。私ってそんなに扱いにくいのかな？　自分では至極単純だと思っているのに。どうにも理解し難いと思っていると、未だ笑いがおさまらないままルトが口を開いた。

「とにかくです。これで巫女の願いは叶えましたからね。アッバスにはこれからも頑張っていただいて、巫女から神の情報をもっと詳しく、出来る事なら姿を拝見出来るように取り計らってもらいましょう。それが成功すれば友好条約の締結も近いですよ」

そう言って再び笑い出すルトに、王太子がニヤリとした顔を向けた。

「いつまでも笑っていられると思うなよ。聖女の気持ちが永遠にお前だけに向くなんて保証は何処にもないぞ」

どうしてそこで私が出てくるのと言いたい。でも全く口を挟む隙がない。

「ふふ、アッバスは全くわかっていませんね。アリーは未来永劫、私一筋ですよ。勿論、私もね」

「それこそ夢物語になるんじゃないのか？　人の心なんてすぐに変わるぞ。明日もお前を好きかなんて誰にもわからない」

「ははは、何を言っているのです。少なくともアリーがアッバスを好きになる事は皆無に等しいでしょう」

「エンベルトが決める事じゃないだろう」

「私が決めなくてもそれだけはわかりますよ」

ああ、また低レベルな喧嘩になっていく。馬鹿馬鹿しくなってお兄様とナシル殿下とお茶をいただく事にした。ぷにちゃんにはクッキーをあげる。

「本当に仲良しね」

私が二人を見ながら呟くと、お兄様とナシル殿下は「本当にね」と声を揃えて笑った。

結局、夕食も巫女たち一行と同席する事になった。夕食の席にはエリア大司教も姿を見せた。

大司教は巫女にお酒はあまり飲まないようにと注意していたようだけれど、気分上々の巫女は言う事を聞くはずもなく、王太子につられるようにガバガバ飲んで、一時間後には潰れていた。

「ですから、あまり飲み過ぎてはいけないと言ったでしょう」

巫女様様の扱いをしていた大司教が珍しく、怒りを滲ませている。「だってぇ」とか「もう、飲めないよぉ」とか「アッバス様ぁ」とかうわ言のように呟き続けている巫女を、騎士二人で脇と膝裏に手を通して抱え上げ、部屋へと戻って行く後ろについて歩きながら、大司教はぶつぶつと何かを呟いている。耳をダンボのようにして聞いてみる。

「全く……今夜はまた……作る……」

それだけがなんとか聞こえたが、これだけでは何を言わんとしているのかわからない。でも、何故か妙に気になった。


翌日。朝食を終え、シャツとパンツ姿に着替えてから、花園の奥の四阿へ向かう。更にその奥の空地に到着すると、いつものようにイレーネ王女が鍛練を行っていた。

「お姉様」

私が呼ぶと、高い位置に結んだ藤色の髪を靡かせながら、王女がこちらを向く。その表情は笑顔だった。

『ああ、幸せだぁ』

頭の中で軽く叫びながら王女の前に立つ。そしてそのまま、二人で鍛練に励んだ。

「お姉様、なんだか以前よりも動きにキレが出てきましたね」

王女の動きに変化が見られる。キレもそうだし以前よりも多様化している。もしかしたらオレステより面倒かもしれない。それでも私が本気で動くと、その速さには対処が出来ないようで薙刀を振る力を誤ったらしく、手から離してしまった。

「はぁ、やはりアリーは強いわね。流石ジャンネス様の妹さんね」

王女の何気なく放った言葉に、私の動きがピタリと止まる。今、お兄様の名前が出なかった？

「もしかして……お兄様と鍛練を？」

そう言った私の態度に何かを感じたのか、申し訳なさそうな表情に変わった王女が急に頭を下げてきた。

「ごめんなさい。もしかしてジャンネス様と鍛練するのは嫌だった？　試しに剣を交えてみないかと誘われて、つい……。大好きなお兄様なんだものね。アリーの許可も得ずに私ったら」

そこまで言った王女が頭を上げ私を見た途端、そのまま固まった。いや、正確にはプルプルと小さく身を震わせている。私のケモ耳姿に身悶えているのだ。

今回はね、自分自身でもわかってしまった。ヒョコって出てきたのを感じたのだ。これって定着してきているって事？　それってダメなのでは？　でも今はそれどころじゃない。私はプルプルしている王女に駆け寄って抱きついた。私の勢いに耐えられず、王女は後ろへ倒れ込んでしまう。それでも私をしっかりと抱きとめてくれた王女に、私は更に抱きしめる力を強くする。

「え？　アリー？　どうしたの？　大丈夫？　それに、あのケモ耳が……はあ……可愛い」

最初こそ私を心配する言葉を発していた王女だったけれど、最終的にはケモ耳の威力に負けたようで溜息を吐いて私をギュッと抱きしめ返した。思わず笑ってしまう。

「ふふ、ふふふ。お姉様」

「ああ、ダメ、ダメよ。ダメなのよ。その可愛らしさは私には耐えられない」

「あははは」

暫くの間、私たちは抱き合って笑った。

四阿に移動した私たちは、まずはお茶を飲んで気持ちを落ち着かせる事に。ぷにちゃんが私と王女にクッキーを渡してくれる。

「ふふ、ありがとう、ぷにちゃん」

王女は嬉しそうにクッキーを受け取ると、ぷにちゃんの身体を指で優しく撫でた。ぷにちゃんの身体が喜びでぷるるんと震える。それを見てまた二人で笑った。

「それで、アリー。一体どうしたの？」

私の気持ちが落ち着いた頃、王女は私に問いかけてきた。その顔は少し真剣だ。でも私はどうしてもにやけてしまう。にやける顔を両手で制しながら、ゆっくりと話し出した。

「あのね、お姉様はお兄様と剣を交えたのよね」

王女は黙ってコクンと頷く。

「お兄様はね、この国で多分二番目に強い剣の使い手なの。あ、因みに一番強いのはお父様ね。そんなお兄様が自分の方から剣を交えたがる事は滅多にないの。多分、ルトとお父様以外ないかも。それなのにお兄様からお姉様に提案したという事は、お姉様の実力は勿論だけれど、お姉様に興味を抱いたって事だわ」

熱く語る私に反して、王女はキョトンとした顔をしていた。全くわかっていないみたい。だから私は説明するより質問をする事にした。

「お姉様はお兄様をどう思う？」

「どう、とは？」

「好きか嫌いかって事」

「好き？」

噛み砕くように口にしたその言葉の意味を理解したのだろう。王女の顔がじわじわと赤くなっていった。飲もうと手にしたカップを落としそうになって、ぷにちゃんに支えてもらっている。

「好きって、あの、私……た、確かにジャンネス様は剣の腕が素晴らしくて、あの、凄いなって……でもあの、そんな、好きって、そんな……」

最早、自分自身でも何を言っているかわからなくなっているのだろう。言葉にならない言葉を紡いでいる。その間にも王女の顔の赤は首にまで広がっている。そんな王女を見ながらニヤニヤが止まらない私とぷにちゃん。

「私は、騎士で、あの、国も遠くて、でもあの、尊敬していて……」

支離滅裂な言葉を吐き出すのが止まらない。永遠に続くのでは？　そう思える程、王女の際限ない呟きは続く。

「お姉様、少し落ち着きましょう」

王女のカップにお茶を注ぐと、ぷにちゃんがお砂糖を入れて渡した。受け取った王女はゴクゴクと飲み干し大きく息を吐いた。動揺し過ぎて熱さも感じなかったみたい。きっと後で、口の中が火傷しているって気付くんだろうな。


王女が落ち着いた頃、城に戻る事にした私たちが中庭に差し掛かった時、巫女とアッバス王太子とナシル殿下、そしてルトが中庭でお茶をしていた。ルトが参加している事が意外でつい立ち止まってしまった私に、王太子が声を掛けてくる。

「ほお、エンベルトに聞いていた通り、本当に鍛練をしていたみたいだな」

私の服装を見て判断したようで、ニヤニヤしながら私と王女を交互に見ている。下手の横好きとでも思っているのかもしれない。

「言っておきますけど、アッバスよりアリーたちの方が強いですよ」

同じ事を思ったのかお茶を優雅に飲みながらルトが王太子に忠言すると、王太子の顔はますます不適な笑みを深める。

「そんな風に言われては、確かめたくなってしまうなぁ」

ナシル殿下も興味を持ったようで一戦交えてみては？　と王太子をけしかける。

「恥をかくのはアッバス、あなたですよ」

「そんな事を言ってやめさせようとしているのか？　あ、もしや俺がどさくさに紛れて聖女の身体のあらゆるところに触れるんじゃないかと疑っているのか？　ははは、その心配は正解だな、はははは」

　ピシッ！　ガチャン！　王太子の笑い声に対抗するように、何かが割れるような音がした。

「失礼」

　涼しい顔を装いつつもこめかみがひくついているルト。彼の手にはカップの取手部分しかない。カップはソーサーの上で無惨な状態に。それを見た王太子はますます面白くなってしまったようで、私に誘いの言葉を投げかけた。

「聖女、どうだ？　俺と一戦やってみないか？」

　しかも、とんでもない事を付け足してくる。

「俺が勝ったらそうだな、二人だけでデートでもするか。朝までゆっくりと、な」

　ルトの身体から冷気が漏れる。

「アッバス、あなた」

　今にもルトの怒りが爆発すると思った時だった。それよりも先にバンッ!?　とテーブルを叩く大きな音がしたのだ。皆の視線が一斉に音を立てた主へ向く。

「アッバス様、なんで偽物をデートに誘うの？　さっきは私が街へ行きたいって言っても、危険だからな、とか言ってＯＫしてくれなかったくせに。エンベルト様も。なんで私に集中してくれないの？　この時間は、私だけを見つめてねって言ったよね。それが出来ないなら神様との対面はさせないって、そう言ったよね!?」

最後は語気を強め、再びバンッとテーブルを叩いて立ち上がって二人の王太子を睨んでいる。まずい事になってしまったと思いつつも、ちゃんと話せるのねと変に感心していると、ルトが冷静に言った。

「私は巫女殿の命令に了承した覚えはありませんよ」

いつの間に用意されていたのか、新しいカップに注がれた紅茶を飲みながら、巫女を見ようともしない。声こそ冷静を保っているけれど、明らかに怒っているのが彼の周りの空気でわかる。そして王太子もまた余裕の表情を浮かべながら巫女に言う。

「巫女は俺に街へ連れて行けと言うが、この国の人間でもない、ましてやこの国に来たのは今回で二度目である俺が、巫女を案内するなど出来るはずがないだろう」

最後には鼻で笑った。これには完全にキレたらしい巫女。肩を怒らせ全身をブルブルと震わせていた。

「そんな事を言ってもいいと思ってるの？　救いの巫女である私に歯向かうつもり？　イケメンだからって、王子だからって私を馬鹿にしていいと思ってんの？　神様と対話出来る私の方が地位が高いって知らないの？」

巫女の話を聞く限り、アルーバ神国では巫女が一番地位が高いという事のようだ。だからエリア大司教も彼女のやりたいようにやらせていたのだろう。しかし、ガンドルフィンでは聖女や巫女は王族と同等の地位付けにはなるけれど、一番偉いとはならない。どうやらサルド王国でも認識はガンドルフィンと同じようで、兄弟は揃って肩をすくめてみせた。

「生憎《あいにく》だが、我が国に聖女がいたとしても我々と同等の地位にはなるが、一番偉くはならん」

「勿論、この国でも同じです。まあ、アリーに限っては私より遥かに偉いですがね」

「ぶっ、ははははは。既に尻に敷かれているって事か？」

「好きで敷かれているんです」

王太子とルトの冗談なのか本気なのかわからない会話に、ますます巫女の怒りは増したようで可愛らしい巫女服とツインテールに似つかわしくない険しい表情になっている。

「ああもう、マジむかつく。話が違うじゃん。イケメンに会えればあとは好きに出来るんじゃあなかったの？　神様のくせに嘘つくってどうなのよ。人の魔力ばっかり当てにして、私の願いは何も叶えないってどういう事よ⁉」

巫女はまるで隠れている何かを探すように、あちこち向きながら文句を言い始めた。私たちに言っている訳ではないのはわかるが、一体誰に向かって言っているのかわからない。

「人をこんな異世界に連れて来ておいて、魔力ばっかり奪ってさ。私は全然いい思いしてないなんて割に合わなくない？　どうせいつもみたいにその辺から湧いてくるんでしょ？　ああ、ちょうどいいわ。私が神様と対話出来るって証明になる。姿を見せてよ」

するると、数メートル程離れた木の下になにか違和感を感じた。

「うっ」

急に気持ち悪さに襲われ咄嗟に口を両手で押さえる。私の異変に気付いたルトが私の肩を抱いた。

「アリー、どうしました？　気分が悪いのですか？」

焦ったような表情のルトに大丈夫だと伝えたいけれど、あまりの気持ちの悪さに言葉が出ない。なんとかコクンと無言で頷いたその時、違和感を感じた木の下に黒い靄のようなものが現れた。

「え？　なにあれ？　神様？」

巫女が驚いた声を出す。あれが神様？　冗談じゃない、あれが神様な訳がない。だって私の気分を悪くさせているのは、間違いなくあの靄だ。靄はゆらゆらと揺れながら、こちらへ近寄ろうとしているように見える。しかし、何かを恐れているようにそれ以上近付いてはこないのだ。

「あれを神と言ったか？　どう見ても禍々《まがまが》しいモノにしか見えんが」

王太子が眉間に皺を寄せながら、シャムシールの柄に手を置いた。ナシル殿下も同じように柄に手をかけ、いつでも抜けるようにしている。王女は靄を見て驚いたように口をポカンと開けたまま固まっていた。そしてボソリと呟く。

「あれが……神？」

反対に巫女は、ツカツカと靄に近付いていく。

「ねえ、あんた本当に神様？　なんでいつもみたいな姿で出て来ないの？　そんな煙みたいな姿じゃ立証なんて出来ないんだけど⁉」

文句を言いながら巫女は、臆する事なく手を伸ばして靄を掴もうとした。ところが靄に触れた途端、巫女の身体が吹き飛ばされすぐそばにあった木に打ち付けられた。背中を強く打ち付けたらしい巫女は、痛みに顔を歪ませその場に倒れ込んでしまう。聖騎士団の連中は巫女を助けるべきなのか、神のようなモノに平伏すべきなのか判断がつかないようで、オロオロしているだけだ。

「ちょっとそこの変な煙。あんたが神様ならどうして巫女を吹っ飛ばすのよ⁉」

気が付いたら私は、怒鳴っていた。だってどうしても許せなかったから。なにが目的か知らないけれど、巫女の魔力を頼ってたんでしょ？　巫女の魔力が必要だからこの世界に呼び寄せたんでしょ？　なのに、まるでいらなくなったみたいに……。なんだろ？　なんだかすっごく許せない。

気持ち悪さも忘れ靄に近付くと、靄の方が恐れたように後ずさった……気がする。いや、靄だからよくはわからないのだけれど、確かに私から距離を取るように離れたのだ。まるで私を嫌がっているよう。何故？　疑問を抱いた私は靄から視線を外してしまった。一瞬の油断だったけれど、靄はそれを見逃さなかった。私を避けるようにゆらりと浮上し、もの凄いスピードで真っ直ぐにルトの方に向かったのだ。

「ダメ‼」

咄嗟に聖魔法をルトに向ける。間一髪、私の聖魔法が靄のスピードを上回り、靄は弾かれるように消えた。

「あれは一体……」

今起こった出来事がどういう事なのか誰も理解が出来ず、暫く立ち尽くしていた。

いち早く我に返ったのは王女で、倒れている巫女の側へ駆け寄る。医務室に運ぶと幸いにも軽い脳震盪《しんとう》と背中の打撲程度で済んだ事に安堵した。騎士たちから報告が入ったのだろう、エリア大司教が慌てた様子で医務室に入ってきた。

「巫女様は⁉」

額に汗を滲ませて軽く息を切らしている。どうやら走って来たようだ。王女が巫女の状態を説明すると、ホッとしたのか大きく息を吐き出しすぐ側にあったイスへドカリと腰を下ろした。

「あなたは神がどんなモノなのかご存知なのですか？」

そんな大司教の前に立ち塞がるようにルトが彼を見下ろした。口調は冷静だが大司教を見つめる視線は冷たい。

「勿論です。アルーバ神国を造った神ですから」

ルトの視線を浴びているのに怯む様子もなく、薄ら笑いすら浮かべている。

「はっ、あれが神だと？　笑わせるなよ」

奥のソファに座っていたアッバス王太子が馬鹿にしたような口調で言った。けれど目は笑っていない。薄いブルーの瞳はエリア大司教を睨んでいた。

「あんなモノ、神である訳がないだろう。巫女を吹き飛ばし、あろう事かエンベルトに向かって行ったんだぞ」

するると、大司教の目がカッと見開いた。

「アッバス殿下、今、なんとおっしゃいましたか？」

大司教の雰囲気が明らかに変わった。高揚している？　ように見える。王太子も大司教の変化に気付いたのか、少し警戒したような目つきをしながらもう一度答えた。

「あの黒い靄は、自分の加護下においた巫女を吹き飛ばし気絶させただけでなく、なにを血迷ったのかエンベルトに突進して行ったんだ。まあ、聖女が見事に蹴散らしたがな」

「聖女、様が？」

急に声色が変わった大司教が私に視線を向けた。その目は完全に私を敵視している。

「やはり……」

私を睨んだまま何かを呟いたように見えたが、声が小さくて何を言ったのかわからない。けれど私を睨みなにか言っている様は、薄気味悪さを感じる。フッと私から視線を逸らした大司教は、イスから立ち上がるといつもの表情に戻り、笑みを浮かべながら周りを見渡し最後にルトを見た。

「私はこれから祈祷の時間ですので。これで失礼させていただきます」

あんなに慌てた様子でここに駆け込んで来たのに、今は巫女を見ようともしていない。そしてそのまま大司教は部屋を去って行った。無言で彼の消えて行った扉を見つめていると、王太子がボソリと言った。

「薄気味悪い男だと思っていたが、ますます薄気味悪さが増したな」

ここにいた皆が頷いたのは当然の事だった。


その日の深夜。私は王城に泊まっていた。

どうしてもルトへ向かったあの靄が気になったから。あれだけ人がいたにも関わらず、あの靄はルトだけを目指して突っ込んだ。アッバス王太子は殺そうとしたんじゃないかと言っていたけれど、何故かそれは違うという確信があった。王女に聞いてみたところ、そもそもあんな靄は見たことがないという事だった。王女が直接神を目にしたのは一度きりだったらしいが、以前巫女が言っていた通り、黒髪黒目の男性だったらしい。美しいが冷酷な印象を受けたそうだ。

「少なくともあのような禍々しい雰囲気ではありませんでした。冷酷な印象でしたが神々しさはあったように思います」

そう教えてくれた王女は、今は巫女のいる医務室に泊まり込んでいる。エリア大司教が最後、巫女を見ようとも触れようともしていなかった事が引っ掛かるようで、巫女が目覚めるまで傍で控えていたいとの事だった。

「エンベルトは何か感じなかったのか？」

アッバス王太子がイラついたようにルトに問うが、ルトは涼しい顔で「全く」とだけ答えた。

ナシル殿下も暫く何かを考えている様子だったが、ルトへ顔を向けると質問を投げかけた。

「何か身体に違和感などないですか？」

「は？　ナシル、何を言っている？」

ナシル殿下の質問に先に反応したのは王太子だった。

「違和感ってなんだ？　あの靄はエンベルトには当たっていないんだぞ。聖女が見事に蹴散らしたじゃないか」

ルトもそうだと言わんばかりにコクコクと頷いている。けれど、ナシル殿下は「いいえ」と否定した。

「確かに直撃はしていません。しかし靄が消し飛ぶ直前にほんの一欠片ですが、エンベルト殿の肩の辺りに当たったように見えました。当たったという言い方も変かな。入り込んだ、と言った方がしっくり来る気がします」

ナシル殿下がそう言うと、ルトが声を上げて笑い出した。

「ふふ、ふふ、あははは。そんな訳がないじゃないですか。だってアリーが蹴散らしてくれたんですから、私に被害が及ぶような事はありませんよ」

アッバス王太子も笑ってナシル殿下に「バカだなぁ」と言っていた。ナシル殿下は「おかしいですね」と首を傾げていたけれど、私は口を挟む事なく黙ってその光景を見ていた。私もルトに違和感を感じていたから。

だって、ルトは私と離れた場所にあるイスに座っていた。

七章　エンベルトの変貌

今夜は月も見えない暗い夜だ。横になっていると私が城中に張り巡らした聖魔法の結界に反応が見られた。目を閉じていただけで、起きていた私はパチリと目を開く。

反応は二箇所。一つは外だ。中庭の方だろうか。そしてもう一つは……。

ふと、何かを振り下ろされる気配がしたかと思ったら、それは迷う事なくベッドに突き刺さった。闇の中でもわかる、ベッドに真っ直ぐに突き刺さっている物は剣だった。突き刺した本人は暫くベッドを見下ろしていたが、なんの反応もないと気付いたらしくバサっと掛布をめくった。

「！」

ベッドの中に私はいない。誰もいないそのベッドには丸まったシーツがあるだけだった。自分が刺したのはシーツだと気付いたらしく、驚いたのだろう。狼狽したのが薄暗い闇の中でもわかった。私はクローゼットの扉を開けた。

「ルト……」

振り返ったルトの瞳はエメラルドの光を失っていた。光を失っていたというのも違う。その瞳は漆黒の瞳に変わっていた。

「どうして……」

その声はルトのものだった。それが妙に悔しい。

「ルトに何をしたの？　ルトを返して」

ルトではない漆黒の瞳の主に告げると、口角を上げニヤリと笑った。明らかにルトの笑い方ではない嫌な笑い方だ。ルトの姿のソレは、ベッドに突き刺さっていた剣を抜くと、嫌な笑いを浮かべたまま私に近付いて来た。ソレが近付くにつれ気持ちが悪くなる。それでも私は逃げなかった。

「ルト」

呼びかけるといつものルトの顔になる。そしてほんの一瞬、瞳がエメラルドに輝いたような気がした。

「アリー……逃げて」

しかし、私は首を横に振る。

「逃げないよ。ルトを助けるの」

すると、急にルトの動きが止まった。でもそれはすぐに終わってしまう。またもやニヤリとした笑いに変わったソレは、時折ギクシャクと動きにくそうにしながらも着実に私に近付いて来た。とうとう目の前にまで来たソレは『死ね』と声は出さずに口を動かし、剣を上に振りかざした。その手はまるで、抵抗でもしているようにフルフルと震えている。

「待ってて、ルト」

今がチャンスだと思った私は、金色の魔力を纏わせ自分からルトの懐に入る。背伸びをし、ルトの両頬に手をかけ無理やり下を向かせた。エメラルドに戻った瞳には涙が溢れていて、これ以

上傾けたら零れてしまいそうだ。そんなルトに笑いかけた私は精一杯に背伸びをした。

「ルトから出て行って」

静かに告げてルトの唇に自身の唇を合わせ、金色の魔力を注ぎ込んだ。すると、振り上げていた腕からポロリと剣が落ちた。次に上がったままの腕は私の背中を抱いた。そしておさまりきれなかった涙が一筋、ルトの瞳から零れ私の頬を伝い落ちた。そっと唇を離して見えたその表情は辛そうに歪められている。

「ルト、もう大丈夫だから、ね」

そう言って再び零れ落ちそうになっている涙を唇で吸い取るように拭った。その途端、力一杯抱きしめられてしまう。

「アリー、アリー、アリー」

絞るような声色で私の名を連呼しながら抱きしめるルト。そんなに苦しまないでと思いながら私も抱きしめ返した。

「よかった、ルト。本当によかった」

「申し訳ありません。抗う事がこれ程大変だとは思ってもみませんでした。本当にアリー……よかった……あなたを殺してしまうかと」

「それを言うなら私の方こそごめんなさい。焦ったせいで上手く魔力をコントロール出来なかった」

黒い靄がルトに突っ込んだ時、私は焦って前に壁のようにしか魔法をかけていなかったのだ。

そのせいで消し飛ぶ寸前、靄はまんまと背後からルトの身体に侵入してしまったようだった。ナシル殿下しか見ていなかったのは、ルトの背後にいたのは殿下だけだったから、という訳なのだ。

「アリー、あなたが謝るような事は何一つありません。私が不甲斐無いばかりにアリーをこんなに危険な状況に陥らせてしまった。私は私が許せないです」

このままでは地中深くまで埋まってしまいそうなくらい、落ち込んでいるルトをベッドに座らせ部屋に置かれているレモン水を渡した。大人しく受け取ってくれたルトは、一気に飲み干す。それでもまだ浮上は出来ていないらしく、空のグラスを両手に握りしめたまま俯き動かない。

「あのね」

そんなルトの足元にしゃがみ込み、下からルトを覗くように見上げた。

「巫女を医務室に運んだ時から、ルトがおかしいって気付いてたの。だから今日はわざと王城に泊めてもらう事にしたのよ」

膝立ちになり両手で再びルトの両頬を覆う。

「ルトは絶対に私が助けるんだって決めてたから」

そこで初めてルトのエメラルドの瞳が私を見た。すっかり輝きは元通りに戻っている。

「いつもルトが言っているでしょ。『アリーを助けるのは私でありたい』って。それは私も一緒。ルトを助けるのは私でありたいの。愛している人を助けたいもの」

恥ずかしいけれどルトの瞳をしっかり見つめ、満面の笑顔で言った。きっと顔は真っ赤になっているに違いない。だって顔から火が出そうな程熱い。それでもこれは大切な事だから、ちゃんとルトの目を見て言い切った。

「アリー！」

ベッドから滑り降り、同じように膝立ちになったルトが私を再びきつく抱きしめた。一瞬息が止まったけれど、素直に受け入れ私も目一杯力強く抱きしめ返した。

「ありがとうございます。私も、私もアリーを愛しています。たくさん、たくさん……愛してる」

互いに見つめ合い、自然と顔が近付く。触れるだけのキスを何度もして、また見つめ合って、またキスをして。嬉しさと照れ臭さが混ざり合って笑ってしまった私の頬にキスを落としたルトは、今度は啄《ついば》むようなキスをした。いつの間にか私の背中に回していた手は腰を抱いていて、ルトの背中に回していた私の手は縋《すが》り付くように首に回っていた。

『これ以上はダメなのに……』

頭では拒絶しなくてはと思うのに身体は全く言う事を聞かず、ルトの唇に翻弄されていく。腰を抱いていたルトの手が、私をグッと自分の方に引き寄せた時だった。

ニュルンと溶けたように広がったぷにちゃんが、私とルトの顔の隙間に入り込んで来たのだ。そして「ぷにっ」っと元気よく鳴いた。驚いた私たちの距離が離れると、ポンと元の姿に戻ったぷにちゃんは私の肩の上に乗った。

「いつの間に……それに、どこから湧いてきたんです？」

ルトが悲壮感を漂わせながら力無くその場に座り込んだ。私は「あははは」と誤魔化すように笑った。忘れていたよ、ぷにちゃんの存在を。一緒にクローゼットに隠れて、危ないから中で待っていてってお願いしていたんだった。いつまでも自分を呼びに来ないから、心配になって出てきたみたい。扉は閉まったままだから、きっと隙間からヌルンと出てきたのだろう。肩の上のぷにちゃんは、遅いとでも言っているようにぷるんと揺れた。

「ふふ、ごめんね」

私はそんなぷにちゃんを指で優しく突いた。


翌日の朝。私とルトは中庭に来ていた。珍しく肌寒くてコートを着たにも関わらず身震いしてしまう。

「今朝は寒いですね」

微かに白い息を出しながらルトは、中庭の草の茂った場所を探している。私もルトから少し離れた場所を探す。

「アリー、ありましたよ」

ルトの声に私はしゃがんで探していた手を止め立ち上がった。ルトの元へ行くと手の平に黒い箱だったであろう物の残骸が載っていた。昨夜、私の魔法に反応したのは二つ。そのうちの一つはルト、そしてもう一つはこれだったらしい。

「これで三つだね」

ガンドルフィンだけで三つの黒い箱が発見された事になる。そのどれもが私の聖魔法で浄化されてはいるが箱をばら撒いている犯人を捕まえなければ、イタチごっこになるだけだろう。

　巫女の意識が戻ったと王女から連絡をもらった私たちは、巫女の元を訪れる事にした。万が一を考えて一晩医務室で過ごしていた巫女だったが、半身をベッドから起き上がらせ軽食を口にしていた。私たちが見舞いに訪れると嬉しそうに笑う。部屋には王女と数人の聖騎士たちがいた。

「わぁ、王子たちぃ。お見舞いに来てくれたのぉ」

　あんな事があったのにいつも通りの姿を見せようと、無理に笑っているのだろう。彼女の笑顔に胸が痛くなる。

「気分はどうだ？」

　アッバス王太子はベッドの脇に置かれているイスに座ると、巫女に問いかけた。

「大丈夫だよぉ。心配してくれるなんて嬉しいなぁ」

　不意に巫女の黒い瞳が揺れ、涙が零れ落ちた。

「あはは、笑っちゃうよね。自分を喚び寄せた神様にこんな目に遭わされちゃってさ。私を大切にしてくれていたエリアも全然来てくれないんだよ。『救いの巫女』とか言って持ち上げておいてこれだよ。魔力を搾り取るだけ搾り取っておい……」

　声が詰まりそれ以上は話す事が出来なくなった巫女は、両手で顔を覆うと嗚咽《おえつ》を漏らして泣いた。堪らない気持ちになった私は思わず巫女を抱きしめる。驚きから身体をビクつかせた巫女だったがそのまま私に縋り付いて、声を上げて泣き出した。せめて身体だけでも癒してあげたいと抱きしめたまま、彼女に聖魔法を注ぐ。

「ふふ、聖女の魔法ってあったかいんだね」

それだけ言った巫女は、私から離れて流れ続けていた涙を袖で拭き取るとほんの少しだけ照れたような表情をしてから、真剣な表情に変わった。

「私、本当は自分が本物の聖女じゃないって知ってた。だって私にはケガを治す力はあるけど人を癒す力はないんだ。それに……」

言いづらいのか少し顔を俯いて、ギュっと口を引き結ぶ。そして大きく深呼吸をすると再び顔を上げた。

「何回かまでは覚えてないけど、私の魔力を吸い取る時があってさ。小さな箱が一杯になるまでやめてもらえなかった。『これが巫女としての一番大切な仕事です』ってエリアに言われてさ。けれどその箱をどう使っているのかは一切教えてくれないんだよ」

巫女の言葉に私やルトやお兄様は勿論、アッバス王太子とナシル殿下も固まった。小さい箱といえば思い浮かぶのはただひとつ。

「巫女殿、それは手の平に収まるサイズの黒い箱ですか？」

ところが、ルトの質問に巫女は首を横に振った。

「大きさはあってるけど、黒い箱ではないよ。白い小さな箱だよ」

黒い箱ではない？　じゃああれは一体……。巫女を見る限り嘘をついているようには見えないし、本当に黒い箱の存在は知らないようだ。箱の事にはそれ以上触れず、たわいもない会話を少しばかりしてから、また来ると約束をして私たちは部屋から退出した。そのままルトの執務室へ向かい、各々好きな場所に座ると早速箱の話をし出した。

「巫女の言っていた箱と黒い箱が無関係とは思えませんよね」

「ああ、しかし白い箱と黒い箱かあ。どういう事だろうな」

皆が箱について考えを出している中、私は黙って考え込んでいた。白い箱を黒くしたのはきっとあの靄だ。けれど靄がなんなのかがわからない。

ふとクストーデの事を思い出す。クストーデは何かを知っているようだった。でもクストーデは出て行ったきり何日も帰ってきていない。気配すら感じないのだ。巫女が吹き飛ばされる姿を見てから、不安な気持ちが少しずつ膨らんでいる。あの靄はルトをも操ってしまえる程の力を持っている。あれが靄ではなくちゃんとした形を成していたら……そう思うだけで不安が押し寄せるのだ。でも、決して誰にも言えない、言わない。聖女である私が不安を口にしたら皆が不安になってしまう。

「ぷにぃ」

私の感情を察したぷにちゃんが、慰めるように頬に擦り寄って来た。

「ふふ、ありがとうぷにちゃん」

そんなぷにちゃんを指で撫でる。いつもならそれだけで癒されるのに。

『クストーデ、早く戻って来て』

私の心の呟きをクストーデが聞いてくれたらいいと思いながら、何度も何度も呼びかけた。

結局、箱の事はまだ完全にはわからないままだ。明日にでもまたという事で解散し、仕事が残っているお兄様はまだ帰れないので、一人で馬車で帰る事に。王城の侍女に付き添ってもらい馬車乗り場に向かうと、真っ白い大きな馬が待機していた。

「あれって……」

馬車と同じくらいの高さがあるその馬は、ルトの可愛がっている魔馬だった。蔵を付けた状態で大人しくこちらを見ている。

「どうしたの？　もしかしてルトを待っているの？」

魔馬の傍へ駆け寄り鼻を撫でながら問いかけると、顔に擦り寄られてしまう。

「もしかして私を待ってたの？」

すると魔馬は嬉しそうに目を細めた。そして更に強く顔に擦り寄ってくる。嬉しいけれどちょっと痛い。顔の皮がめくれちゃうんじゃないだろうか。そう思いながらも受け入れていると背後からクスクスと笑う声が聞こえた。

「やはり魔馬はアリーが好きなようですね」

聞き慣れた声。振り向かなくてもわかる。ルトは私の背後から腕を回し抱き寄せた。そして空いている方の手で魔馬の鼻や頬を撫でながら優しい声色で言った。

「今日は私がアリーを屋敷までお送りしますね」

私とルトを乗せた魔馬はゆっくりと歩き出した。まだ日暮れには少し早い時間だからと、遠回りして帰る事に。王城の敷地を出て裏手にある森の中を進む。屋敷とは真逆の方向に、本当の遠回りなんだねと笑ってしまった。

「普通に送ってしまったら、あっという間に着いてしまいますから」

笑ってしまったからか、少し拗ねたように言うルトにますます笑いが込み上げてくる。クスクスと笑い続けている私の肩にルトが額をくっつけた。

「ちゃんと笑えましたね」

その一言だけで、ああ、ルトには敵わない。そう思ってしまう。

「ごめん、大丈夫だから」

強がっているのがバレているのだろう。そう答えた私の頭にルトがキスを落とす。

「私も大丈夫です。もう決して操られませんから」

きっと今、ルトの顔は優しく微笑んでいるのだろう。一人で不安がっている私を励まそうとしてくれている。そんなルトにもたれかかる。そしてポツポツと心の内を語った。

全てを語り終えた私はホッとしたようで、気持ちが少し軽くなったような気がした。やはり、不安を押し込めておくのは身体にもよくない事のようだ。

ふと魔馬の足が止まった。どうしたのかとルトを振り返ると、すぐ目の前にルトの顔がある。そう認識した時には既に唇に柔らかな感触が。軽いリップ音の後、ルトの顔がゆっくりと離れルトの顔に焦点が合う。木々が生い茂る中、夕焼け色に染まり出した陽の光がルトを背後から照らしていて、溜息をつきたくなるくらい綺麗だった。

「ルト、綺麗」

心から思った言葉を呟けば、再びキスを落とされる。

「アリー、あなたの方が何倍も何十倍も綺麗です。そんなあなたを私はもう絶対に不安な気持ちにはさせません。どうか信じてください」

どうしてだろう。ルトの美しさと優しさに涙が溢れてくる。別に悲しくないのに、胸の奥がキュウっと締め付けられるのだ。

「ルト、信じてる」

溢れる涙を拭う事もせず、そう答えた私は自然と目を閉じた。

◆◆◆◆◆

巫女の件から二日経った。あれから朝と夕方の二回、巫女のお見舞いに行っている。ケガ自体は治癒魔法で治っているが、精神面を考えて今も尚医務室で生活をしている。その甲斐あってか巫女はすっかり明るさを取り戻し、驕《おご》り高ぶる事など全くなく穏やかだ。もしかすると本来の性格は今のような性格なのかもしれない。

エリア大司教はやはりあれから一度も巫女の元を訪れてはいないそうだ。それどころか部屋から一歩も外に出ていないらしい。聖騎士たちは三分の一程は巫女を心配しており巫女の部屋の警備を続けているが、残りは大司教派なのか医務室に来る事はないとの事だった。

「私さ、これからの事を考えたんだよね」

イレーネ王女と私と三人でランチをしている時だった。それまで明るく笑っていた巫女の表情が、真剣なものに変わった。

「そっか。どうするの？」

食べていた手を止め、巫女を見つめる。

「まだ確定ではないいんだけど……」

そう前置きをしてから私と王女を交互に見ながら、ゆっくりと話し出す。

「アルーバに戻れるなら戻って治癒の力を使って働こうかなって。アルーバって治癒を使える人が他国に比べて圧倒的に少ないし。私、魔力だけは多いからさ」

えへへと照れたように笑いながら話していた巫女だったが、最後は寂しそうな表情を隠すように俯いた。

「戻れるかわかんないんだけど、さ」

呟くように言った巫女に、王女が間髪入れずに答えた。

「戻れます」

王女は巫女の手に自分の手を重ねる。

「私が絶対に連れて帰ってみせます」

意外そうな表情の巫女が顔を上げ、王女を見つめた。

「いいの？　私がアルーバに戻っても。王女って私の事嫌いなのかと思ってた」

直球で返された言葉に、王女が一瞬息を呑む。けれどすぐに巫女に優しく微笑みかけた。

「巫女様を嫌っていた訳ではありません。あくまでも、教会のやり方が気に食わなかっただけで……巫女様の事を嫌いだと思った事はありませんよ」

王女の優しさ溢れる言葉に驚いたのだろうか、巫女は王女の顔を見つめたまま金縛りにあったかのように微動だにしない。何も反応が返ってこない事で王女も戸惑ったような顔を私に向けた。

いや、私を見ても何も出来ないよ。そうは思っても次第に縋るような視線で訴えかけてくる王女に、なんとかしてあげなければという思いが湧いてしまう。

「えっとぉ、巫女？　巫女？」

大きな声で呼びかけてみる。けれど、やっぱり固まったまま。

「おーい、澄香《すみか》さーん」

もう少し大きな声で今度は名前を呼んでみると、ハッとしたような顔をした。

「巫女？　どうしたの？」

すると、巫女は王女から視線は外さず少し呆けたように呟いた。

「王女って笑うとヤバいくらい綺麗じゃん」

「やだ、今頃気付いたの？」

思わず素で突っ込んでしまった。すると、ちょっとムッとした顔で私を軽く睨んできた。

「なに？　聖女は知ってたって言うの？」

「そりゃあ。お姉様とはずっと仲良くさせてもらってますので」

ちょっと勝ち誇ったような言い回しになっちゃったかな？　気持ちに正直になってしまった。だって本当の事だし。すると巫女が私に噛み付いてくる。

「なにその優越感満載の顔は？　ってか、待って。聖女もめっちゃ綺麗な顔じゃない？　なんなの？　この世界の顔面偏差値は。男だけじゃなく女も高いなんて」

今更？　と突っ込みたくなるが、まあ、イケメンと恋愛したいって躍起になっていた人からしたら、女性の顔なんてちゃんと見てもいなかったのだろう。なんだか欲望に忠実過ぎて笑えてしまう。そんな巫女を可愛いと思ってしまった。

「巫女も可愛いと思うけど？　そういえばイケメンとの恋愛はどうするの？　アッバス王太子の事を随分気に入っていたみたいだけれど」

すると「ああ」と初めて思い出したかのような、気のない返事を返してきた。

「あれはもういっかな。なんかイケメン見過ぎてお腹いっぱいって感じだし。イケメンって見てる分にはいいけどさ、ずっと一緒にいるのって疲れそう。聖女は疲れないの？　あんな超絶イケメンが婚約者だなんて」

初めてされた問いかけにびっくりして、今度は私が固まってしまった。疲れないのか、なんて聞かれた事なかったし考えた事もなかった。ああ、やっぱり私はこの世界に馴染んでいるんだなぁ。

「疲れないわよ。だって大好きな人だもの」

素直にそう答えれば「はいはい、ごちそうさま」と呆れたように言われてしまった。本当の事なのに。

それからも暫く他愛ない話をしてから、巫女と別れ医務室を後にした。

「巫女様があのように変わられるとは思っていなかったわ。もしかしたら、本来はあのようなお人柄だったかしらね」

暫くして王女が言った。教会や自分たちが「救いの巫女」だと持ち上げたせいで、性格が変わってしまったかもしれないと思っているのだろう。罪悪感を持っているように感じた私は、わざと明るい声色で言った。

「かもしれませんね。自分を取り戻せてよかったと、そう思う事にしましょう」

そして王女の腕に自身の腕を絡ませ身を寄せる。

「お姉様、後悔する必要はありません。皆に持ち上げれて高飛車になったのは巫女本人のせいだし、巫女がこんな事になったのは多分教会のせいだもの。お姉様たちが罪悪感を持つ必要は全くなし、ですよ」

「……そっか。そうですね」

完全には浮上出来ない王女を、私はお兄様の元へ連れて行く事にした。だってきっと元気になるはずだから。ルトの執務室へ行くと、休憩をしていたらしく二人はソファに座ってお茶を飲んでいた。

「ルト、気晴らしにちょっと中庭に行かない？」

私がそう誘うと、とっても嬉しそうに頷くルト。

「はい、喜んで。ああ、今日はなんていい日なんでしょう。アリーからデートのお誘いをいただけるなんて。では、ジャン。少しの間出ますね」

ルトはさくっと立ち上がり、お兄様の返事も待たずに私の肩を抱くとそそくさと部屋を後にした。私もルトに促され素直に部屋を出る。勿論、王女をしっかり部屋に置いて。

「これでよかったのですか？」

中庭に出るとルトがそう問いかけてきた。私の企みをしっかり感じ取っていたらしい。

「うん、上々」

私の返事に満足したように微笑んだルトは、花園の方へと向かった。花園を抜け四阿に到着するとベンチに腰掛ける。

「アリーはこちらです」

そう言われた私は、気付けばルトの膝の上に横抱き状態で座らされていた。

「好きだよね、この体勢」

嫌味を込めて言ってみたのに、ルトには効いていない。嬉しそうに笑っているだけだ。すぐに諦めた私はその体勢のまま、巫女の現状や王女の後悔を話した。

「教会のなのかエリア大司教のなのかは知りませんが、企みを潰してしまえばサルド、アルーバと連続で友好関係を築ける事になりそうですね」

ルトは上機嫌で話しながら私を抱きしめた。だから私もルトの首に腕を回しながら大きく頷いてみせた。

「そうだね。皆で仲良く出来たらいいね」

☆☆ジャンネス視点☆☆

旋風のように去って行ってしまった二人の後に、俯いたまま気まずそうに立っているイレーネ王女を見る。

「とりあえず座りましょう」

そっと手を取り王女をソファへ座らせた。そして自らお茶を淹れ王女の前に置く。

「ありがとうございます」

これで王女にお茶を淹れるのは二回目だ。そう思いながら向かいのソファへ腰を下ろした。

「元気がないようですね」

凛々しい姿とは裏腹に萎《しお》れたように見える王女にそう言うと、王女はポツポツと話し出した。

巫女をケガから救えなかった事から始まって、教会がなにをしようとしているのかわからない事、大司教をどうしたらいいの決められずヤキモキする事しか出来ない事。巫女が実は堅実でいい娘である事に気付けなかった事。色々な後悔を口にしていく王女を見つめながら黙って聞く。

憂いを帯びた表情も美しい彼女は、女性でありながらなかなか剣術に長《た》けている。あれを剣術というのかは知らないが、独特の武器を女性ながらに自在に扱う姿を見せてもらった時、少しばかり剣を交えてみたいと思った。アリーには及ばないが、いい腕をしている。神国で副団長をやっているのも頷けた。

「ジャンネス様に聞いていただいたお陰で、気持ちが落ち着きました。ありがとうございます」

そう言ってやっと顔を上げた王女の夜空のような瞳を見つめ、ニッコリと微笑んでみせると王女は一瞬にして頬を赤く染めた。どうやら私に好意を持ってくれているらしい。

初めて王女を見た時は感心してしまった。母やアリー以外にも美しい女性がいる事に驚いたのだ。見た目だけなら他にも美しい人間はいる。しかし、身も心も美しい人間となると圧倒的に少ない。

『そういえば、そこがまず好印象だったな』

思い出した私はクスリと笑んでしまった。

「どうかしましたか？」

いつの間にか朱に染まっていた頬が元に戻っている王女が、不思議そうな顔で私を見た。

「ふふ、申し訳ありません。出会った時を思い出していました。美しい人がいると思ったな、と」

またもや一瞬で染まる頬に、なんともいえない愛らしさを感じる。

「アリーと仲良くしてくださって、本当にありがとうございます」

礼を言うと、まだ赤いまま顔を大きく横に振った。

「いえ、私の方が仲良くしていただいているのです。アリーは本当に可愛くて優しくて。それにとても強くて……あ、強いのはジャンネス様もですね。アリーもぷにちゃんもクストーデ様も本当に可愛いですよね。もう一緒にいるだけで幸せな気持ちに……」

突然、王女の語りが終わってしまった。そして恥ずかしそうに私を睨んでいる。私が笑っている事に気付いたようだ。私は慌てて笑いを堪えた。

「申し訳ありません、つい」

「いえ、こちらこそ……興奮して我を忘れておりました」

謝ってはいるが拗ねたような声色に、再び笑いが込み上げる。堪えきれずクスクスと笑いながらも私は王女に言った。

「イレーネ殿下こそ、お美しくて、可愛らしいですよ」

「な！」

驚いた表情のまま固まってしまった王女を見ながら、外堀から埋める方がいいのか直接ぶつかった方がいいのか、少しばかり考えたのはまだ秘密にしておこう。

☆☆☆☆☆☆

八章　邪神復活！

ルトに送ってもらった日の深夜の事。自室で眠っていると違和感を感じて目が覚めた。

『なにかがいる』

そう感じた私は、そっと目を開けた。人間ではないという事だけはわかるのだが、暗闇の中で違和感の正体を掴むのは困難だった。けれど、一緒に起きたぷにちゃんが部屋の一角をジッと見ている。どうやらそこが違和感の正体が潜む場所のようだ。ぷにちゃんに負けないくらいジッとその場所を見つめる続けると、目が慣れてきたのかゆらゆらと揺らめいているなにかが見えた。はっきり見える訳ではないけれど、あの靄だと確信した。何故なら姿が見えた瞬間、気持ち悪さを感じたからだった。私の中の警戒心が急上昇する。けれど靄は特になにかをしてくる訳でもなく、ただその場に漂っていた。

「ぷに」

興味が湧いたのだろうか。ぷにちゃんがぴょんとベッドから飛び出し、止める間もなく靄の方へ向かって行ってしまった。あっという間に目の前まで行ってしまったぷにちゃんに声をかけようとした時。靄がぷにちゃんを包み込むように広がって見えた。

「ぷにちゃん！」

焦った私はぷにちゃんを呼んだ。急いで助けようとベッドから飛び出しかけたが、私の焦りは全くの無駄だったとわかる。広がった靄はぷにちゃんに少しも触れる事なく消えてしまったのだ。一体どういう事なのかわからず、今はただの暗闇に戻ったその場所を呆然と見つめてしまう。ぷにちゃんはまるでなにもなかったかのように、ポンポンと弾みながらベッドに戻ってきた。

「なんだったのかしらね」

両手で掬ったぷにちゃんを視線の高さまで持ち上げて言うと、ぷにちゃんは楽しそうにぷるんと震えるだけだった。


翌日。巫女の元へ見舞いに訪れると、イレーネ王女の姿がなかった。

「お姉様は？」

ほぼ完治した巫女はベッドから出てソファに座って読書をしていた。問いかけた私を見ると残念そうな声色で「来てない」と答えた。なんでも鍛練の約束が断れないからと、少し前に立ち寄った王女に言われたらしい。

「あの人ってさ。前から思ってたけど、綺麗なのに鍛練ばっかりなのよね。普通さ、あんだけ綺麗でしかも王女でなにも不自由なんてしてない身分だったら、毎日遊んで暮らすと思わない？少なくとも私が王女の立場だったらそうしてる。王女ってドMなのかしら？」

「ぶっ」

人がお茶飲んでる時に、とんでもない仮説を真顔で言うのはやめて欲しい。

「やだ、汚いって」

「誰のせいだと思ってるのよ」

　ハンカチで口元を拭いていると、扉をノックする音がした。侍女が扉を開けて応対するのを何気なく見ていると、外にいる人物は聖騎士の姿をしていた。二言三言言葉を交わした後、聖騎士が中へ入って来たのだがその手には小さなトレーを持っていた。それを見た途端、巫女が大きな溜息を吐いた。

「どうしたの？」

　巫女に聞くと黙ったままトレーを指差す。正確にはトレーの上に載っているものを指さしていた。

「箱？」

　白い小さな箱だ。そう認識した私はハッとした。黒い箱と大きさが似ている。

「もしかして」

「そのもしかして、よ。大司教様は、私の体調は心配しないくせに魔力は出せってさ」

　そう言った巫女の顔が明らかに落胆している。見舞いにも来ないくせに魔力だけ要求するとは。

巫女の顔を見た私はムカついてしまった。

「とんでもない奴ね。あ、じゃあこうしない？」

トレーを持って来た聖騎士を外に待機させ、私はトレーに載っていた小さな箱を手に取った。

「どうするの？」

　巫女はもう暗い顔はしていない。私の行動に興味津々といった顔に変わっている。そんな巫女に私は悪戯っぽく微笑んだ。

「魔力が入ればいいんでしょ」

指先で摘んでいた箱を自分の手の平に載せた私は、空いている方の手に魔力を纏う。

「え？　まさか？」

この先にするであろう私の行動に、巫女は驚いた表情をした。

「ふふ、そのまさかよ」

私は、自分の魔力を箱の中に封じ込めたのだ。こんな小さな箱なのに、思ったより魔力を持っていかれる。それでも別に枯渇するような事はない。けれど予想外の事が起こってしまった。

「ねえ、なんかちょっと光ってない？」

魔力を注ぎ終わった後、巫女が私の手の上の箱を凝視する。

「やっぱりそう思う？」

確かに箱はほんのり光っている。これでは巫女が魔力が注いだのではないとバレてしまいそうだ。

「ちょっと光らなくなるまで魔力を戻してみようか？」

「そんな事出来るの？」

「多分」

なんだか理科の実験のようでちょっと楽しくなってくる。私は慎重に箱から魔力を抜き取った。

「これでどう？」

予想より少ない量で光がおさまる。そして残りは巫女の魔力を注いでみた。すると最初の時のまま白い箱の状態で魔力が溜まった。すぐにトレーの上に戻し外の聖騎士に渡す。聖騎士はなにも疑わずにそれを持って行った。

その日の夜。巫女が元気になったからと、ダイニングで王女と三人で食事をした。快気祝いだからとワインをしこたま飲んだ。主に巫女が。王女も結構飲んでいたけれど、巫女はもう、一人で一ケースくらい飲んだのではないだろうか。酔った二人は楽しそうに恋愛談義に花を咲かせていた。

「はあぁ、疲れたぁ」

二人に最後まで付き合わされ、ルトとの馴れ初めとかを散々聞かれ、もう屋敷に帰る気力がなくなってしまった私は王城に泊まらせてもらう事にした。

「こんなにフニャけたアリーを見るのは、婚約発表の舞踏会以来でしょうか」

嬉しそうに私を抱き上げていたルトが、そう言いながら私を部屋まで運んでくれる。王女はお兄様が運んで行った。照れる王女を楽しそうに抱き上げたお兄様をしっかりこの目で見ちゃった。巫女はというと、あんなに飲んでいたというのに聖騎士の一人にエスコートされながらちゃんと自分の足で歩いて戻っていった。以前王太子と飲んだ時以上に飲んだと思うけど……ああいうのをウワバミっていうのかな。

ベッドに入りウトウトしかけた時だった。

『クストーデ？』

クストーデの気配を感じた。そう遠くない所にいるのだと感じる。やっと戻って来たみたいだ。その安心感からか、そのまますうっと眠りに落ちた。

しかし、それからそう時間が経っていない頃合いに、耳をつんざくような悲鳴が聞こえた。それはまるで断末魔のようで、ゾクリと寒気が全身を駆け抜けた。

「何事⁉」

飛び起きた私は声が聞こえた方に耳を傾ける。けれどそれ以上叫び声は聞こえない。もしかして夢だったのだろうかと思ってしまうくらい静かだ。

「ぷにちゃんは聞こえた？」

一緒に起きたぷにちゃんに聞くと「ぷに」と答えた。やはり叫び声はしたらしい。

「まさか……クストーデに何かあったとかじゃないよね」

これはただの独り言だ。神獣であるクストーデに何か起こるなんて有り得ない。そう思いつつも尋常ではなかったあの叫び声が気になってしまって、このまま再び寝るなんて気持ちにはならかった。シャツとパンツ姿に着替えた私は、そっと部屋から出て声のした方へ向かう事にした。

「この辺だったような気がするんだけどなぁ」

庭園の方に出てきた私は、なにかおかしな事はないかと辺りをキョロキョロ見回した。けれどなにも変わったところは見られない。

「やっぱり気のせいだったのかな？」

無駄足だったのかと小さく溜息を吐いた時だった。ふとなにかの気配を感じた。しかも複数感じる。気配のする方向をジッと見つめていると、足音をさせないように気を配りながらこちらに駆けてくる集団があった。

「聖騎士？」

仄暗い灯りの中でもわかる、白と青を基調とした騎士服姿の聖騎士たちだ。彼等は真っ直ぐ私の方へやって来るとぐるりと私を囲んだ。手には剣を持っている。

「これは一体どういう事？」

八人？　九人？　それくらいいるだろう。でも誰も私の疑問には答えてくれない。黙ったままただ私を囲っている。

「ちょっと、誰でもいいからこの状況を説明していただけないかしら？」

ちょっとムッとしながらもう一度疑問を投げかけると、騎士たちではないところから声がした。

「よくもやってくれましたね」

騎士たちの後ろからゆっくりとした動きでやって来たのはエリア大司教だった。小さな祠のような物を抱えている。祠は明らかに禍々しい空気を放っていた。気持ちの悪さに咄嗟に口を覆う。

「なに？　それ」

今までで一番強烈な気持ち悪さに襲われる。吐きそうだ。そんな私の姿を微笑みながら見ている大司教は、祠をよく見えるようにする為か、軽く持ち上げてみせた。

「ははは、やはり聖女とは相容れないようですね」

なにが楽しいのか笑いながら祠を大切そうに抱え直した大司教は、急に真顔になると私を睨みつけてきた。その顔は穏やかとは言い難いものだった。

「あなた、この箱になにをしたんです？」

そう言って懐から出して見せたのは、あの小さな箱だった。渡した時のような白い箱ではなく黒と白が混ざって斑《まだら》になっている。けれど、私の魔力で満タンにした時のように微かに光っていた。

「なにをしたって……まだ完治していない巫女に魔力を注入させようとする大司教こそ、なにしてるのと言いたいわね」

私が怒りと苛立ちを含んだ声色で大司教に向かって言うと、大司教は嫌な笑い方になる。

「ククク、あの巫女にはもう用はないのですよ。神があの娘を拒絶したのですから。けれど、どうしても魔力の供給が必要になったので、最後に搾り取って差し上げようとしたのですが……」

またもや真顔になり憎々しげに私を睨んだ。

「あなたのせいで台無しです。せっかくの復活するチャンスを聖女のせいで邪魔される、などという筋書きは望んでいないんですよ」

大司教は言い終わるのと同時に片手を上げ合図を出す。すると私を囲んでいた聖騎士が剣を握っていた手に力を込めた。どうやら私を片付けようとしているらしい。

「あなたが偽物の聖女だと世界中に認識させ、二度と表に立つ事が出来ないようにするつもりだったのですがね。それが一番平和な解決策でしたのに。残念な事です」

ニヤニヤしながら残念と言われえてもねえ。ちっともそう思っていない事がバレバレなんだけど。私は聖騎士たちから視線を外さずぷにちゃんに言う。

「ぷにちゃん、危ないからちょっと離れてて」

ところがぷにちゃんは全身を震わせながら「ぷにぷに」と鳴いた。

「もしかしてぷにちゃんも戦いたいの？」

「ぷに！」

ああ、やっぱりぷにちゃんは頼りになるいい子だ。

「じゃあ、二人くらいいい？」

「ぷにぷに！」

共闘の確認が取れたところで、私たちは聖騎士たちを見回した。

「あなたたち、私を倒すつもりなら遠慮なんてせずに一気にかかってきた方がいいわよ」

手首と足首を軽く回しながら挑発すると、何人かは戸惑う様な姿勢を見せた。でも何人かはバカにされた事に腹を立て、一気に剣を振り上げながら向かって来る。

「さあ、ぷにちゃん。行くよ」

「ぷにー」

四人程の聖騎士が叫びながら突進してくる様はなかなかだけれど、この人たち剣術というものを理解してないかもしれない。なんでもかんでも上から振り下ろせばいいってものじゃないのに。

向かって来た四人のうちの一人の剣を、肩から飛んだぷにちゃんがパクりと食べてしまう。そして触覚のように身体の一部を伸ばしたかと思ったら、騎士の両頬をビシバシ殴っていた。

「ちょっ、笑わせないで」

あまりにシュールな絵面に笑ってしまう。それでも一人の手首を掴み、もう一人の剣を蹴りで弾き飛ばして更にもう一人の剣に当てる。掴んでいた手首を後ろ手に捻らせながら、首の後ろに手刀を入れた。剣を手放した騎士には喉仏に蹴りを入れ、剣を当てられ肩の辺りを押さえていた一人には振り向きざまに掌底を喰らわせた。躊躇した残りの五人は、ヤケクソになったのかバラバラに向かって来る。するとそのうちの一人をぷにちゃんが全て飲み込んでしまう。これには私は勿論、向かって来た聖騎士たちも動きを止めてしまった。

「ぷにちゃん？　そんなものぺって出して。ばっちいから」

歪《いびつ》に膨らんだぷにちゃんは、点のような目をキラキラさせながら勢いよくぺっと飲み込んだ騎士を吐き出した。吐き出された騎士は……ベットベトになって身動きが取れなくなり、ミノムシのように地面に転がっていた。そんな無惨な仲間の姿を見た他の騎士たちは、完全に戦闘意欲をなくしていたと思う。固まったまま、月の光にキラキラ輝く粘液？　に包まれた騎士を見ていた。お陰であっという間に全ての聖騎士たちを沈める事が出来たのだった。そしてそのタイミングで私を呼ぶ声が聞こえた。

「アリー‼」

ルトだ。お兄様もいる。その時だった。大司教の抱えている祠から黒い靄が現れたのだ。ゆらりと浮かんだ靄は、以前のような勢いはなくふわふわと浮かびながら移動し始めた。

「うっ」

戦闘で忘れていた気持ち悪さが再び込み上げてくる。

「アリー！　どうしました？　大丈夫ですか？」

心配そうな顔でルトが私に駆け寄って来たのと、靄がルトの背中に入り込んだのはほぼ同時だった。あと少しで私の傍に到着するその直前、ルトが膝から崩れ落ちる。

「くっ」

四つん這いの状態で苦しそうに呻きながら、息を荒くさせていくルトにお兄様が駆け寄った。

「殿下!?　どうしました？　しっかりなさってください」

ゼイゼイと苦しそうな呼吸を繰り返すルトの髪色が段々黒く染まっていく。

「だ、いじょ、ぶ、です。さが、ってい、てくださ、い」

辿々しく言葉を発するルトを見て、お兄様が素直に離れた。

「お兄様？」

まるで見放すように離れたお兄様が信じられなくて、気持ち悪いのも忘れお兄様を見つめた。

お兄様は私の肩に手をかけゆっくりと立ち上がらせた。

「お兄様、私の事よりもルトを……ルトを助けて」

そこまで言うと再び吐き気に襲われてしまう。

「ふふ、ふふふ……あっはははははは」

それまで大人しく状況を見守っていたエリア大司教が、気が狂ったように笑い出した。

「ははは、そうですか。そうでしたか。神よ、新たな依代《よりしろ》はエンベルト殿下だったのですね。これはなんという数奇な運命でしょう。聖女の婚約者が邪神であるあなたの依代になるなんて。はははははは」

は？　今、この大司教はなんと言った？

「邪神？」

独り言のように呟いた私の言葉に、大司教は嬉々とした表情で答えた。

「そうです、邪神です。彼こそが私の崇拝する神なのです」

抱えていた祠を置き、祈るように手を組みルトを見つめるその表情は恍惚としている。

「ううっ、はや、く。アリー、を」

もう半分以上黒く染まった髪に隠れ、表情が読めないルトだったけれど苦しそうな息遣いをしている。するとお兄様は私をこの場から離そうとしているのか、王城の方へ私を連れて行こうとした。

「嫌！　お兄様、どうして？　ルトがあんなに苦しんでいるのよ。早く助けないと。離して！」

「ごめんね、アリー。でも私と殿下を信じて」

信じてと言われても、私はルトから離れたくない。助けたいのだ。必死で抵抗する私をお兄様はとうとう抱き抱えてしまった。

「嫌、嫌よ。お兄様、お願い。私をルトの所まで連れて行って！」

「ごめん、それは出来ない。殿下に言われているんだ」

このままではお兄様に連れて行かれてしまう。こうなったらぷにちゃんに助けてもらうしかない、そう考えた時だった。

「これは一体なんの騒ぎだ？」

「エリア大司教？　え？　エンベルト殿？」

王城の方から走って来たのはアッバス王太子とナシル殿下だった。聖騎士たちは倒れ大司教は祈り、ルトは苦しそうにしている。そして暴れている私をお兄様が抱きかかえている……こんな状況では理解が追いつかないだろう。けれど悠長に説明している暇などない。

「アッバス殿下、ナシル殿下。お兄様をなんとかして！」

言われた二人の王子はキョトン顔だ。

「どうにかってどうしろと？」

「私たちでジャンネス殿に勝てるかな？」

ああ、もう。なんて役立たず。ここはやはりぷにちゃんに頼むしか。

ところがぷにちゃんを呼ぼうとした瞬間、息が出来ないくらい嫌な空気が襲ってきた。皆も感じたのか辺りをキョロキョロした後、皆の視線はルトに集中した。ルトの周りを黒い靄が渦巻いている。そして苦しそうにしていたルトは真っ黒の髪を靡かせて立っていた。エメラルドの瞳は髪同様に真っ黒になっている。

「ルト？」

名前を呼んでも反応しない。それどころかニヤニヤとした笑みを浮かべて私を見ていた。

『ははは、これはいい。馴染む、馴染むぞ』

その声はルトであってルトではない。

「あなた……邪神？　邪神なの？」

私の質問にますます嫌な笑い方をする。

『ああ、そうだ。我こそはこの世に君臨する神である』

「嘘よ‼　あなたが神であるはずがないわ。本当の神様はとっても綺麗なんだから！　あなたみたいに真っ黒なんかじゃないもの」

そんな私の訴えに邪神と名乗るモノが鼻で笑った。

『お前の言っている神はもしかして女の姿をしていなかったか？　聖女だかなんだか知らんが、お主から彼奴の力を感じる。どうやらお主のその力は彼奴の力の一部を受け継いでいるようだな。あの時はまんまとやられたが、力を分け与えている今なら私の方が力は上なんじゃないか？　此奴の魔力は心地がいいほど我に馴染むからな。あの小娘よりよっぽどいい』

肩を回し、首を左右にコキコキと動かしながら言っている。小娘とは多分、巫女の事だろう。

「お兄様、離して」

邪神をルトからなんとか引き剥がしたい。どうやら邪神は何故だか私の魔力が苦手のようだし、私がなんとかすれば。そう思うのにお兄様は決して離そうとしない。

「アリー、殿下から言われているんだ。アリーには手を出させないでくれって」

そんな話をしたという事は、ルトはこうなる事を予測していたという事？　そこで私はハッとした。そうだ。ルトには予測出来たのだ。だって一度乗り移られたのだから。もう一度あってもおかしくない事だ。と、いう事は乗り移られたルトはきっと私を殺そうとするだろうと懸念して私を離そうとしている？　それならますます私が対処しなければ。

そう考えるも、お兄様の手から逃れなければ何も出来ない。しかもルトを乗っ取った邪神は、どういう訳か私の方へゆっくりと歩いて来る。このままではお兄様やアッバス王太子たちまで巻き添えを喰らう。やはり私が離れるしかないの？　正解がわからず、黒髪に黒目のルトを見つめる事しか出来なくなった私の前に一人の人物が入り込んできた。

「邪神様、よくぞ降臨くださいました。私は、私はずっと貴方様を信仰し続けておりました。どうか一緒にアルーバ神国を手中に収めましょう。そしてゆくゆくは世界を」

とんでもない事を言いながらエリア大司教が邪神の手に触れた途端、大司教はもの凄い悲鳴を上げた。邪神に触れた手が火傷をしたかのように焼け爛《ただ》れたのだ。焦げた匂いが辺りに充満する。

『はは。我に簡単に触れられると思うな。我は神ぞ』

焼けた右手の痛みに顔を歪ませながら、大司教は感情顕に言い募った。

「そんな！　私は貴方様をずっと信仰し続けておりましたというのに。誰よりも何よりも貴方様を！　私がいなければ貴方様の復活はあり得なかったというのに」

大司教の言葉を聞いた邪神は、とても楽しそうに笑った。

『ああ、確かにそうだったな。それはご苦労だった。だが勘違いはするな。我は人間如きの言う事など聞かぬ。しかしまあそうだな。世界を我が手中に収める。これはお主がいようがいまいがやるつもりだ』

「では是非、私も貴方様のお力添えを」

大司教は学習していないのかまたもや邪神に手を伸ばす。そしてまんまと反対の手も焼け爛れてしまった。ジュっという音と共に先程も感じた焦げた匂いが漂う。そうでなくても気持ち悪いというのに、焼け焦げる匂いで更に気持ちが悪くなる。

『だから言ったであろう。人間の言う事など聞かぬと。そもそも我に触れる事も出来ないような人間など要らん。そして……』

邪神は真っ直ぐに私を見た。

『我を浄化する女も要らんなぁ』

近付いて来る邪神を前に、気持ち悪さと腹立たしさに心臓がバクバクと大きな音を鳴らしている。ルトを絶対に助ける。それだけを考えて邪神を睨んだ。

「アリーに触れる事は許しません」

「ああ、俺の妃にと考えてるんでな、今のエンベルトでは聖女に捨てられるだろうし」

「エンベルト殿、しっかりしなくては兄上か私に、聖女様を取られてしまいますよ」

今更離れたところで間に合わないと思ったのか、お兄様は私を下ろし背後に隠した。アッバス王太子とナシル殿下もそれに倣いながら、ルトに聞かせるように挑発する。すると、邪神が急に頭を抱え出したのだ。

『うっ、どういう事だ⁉』

　邪神がとても苦しそうに唸り出す。邪神が苦しむ度に黒く染まりきった髪の毛先の方が銀色に戻る。そして顔を上げると真っ黒だった瞳は少し濁ってはいたが、エメラルド色に戻っている。

「あなた方にアリーを差し上げる訳がないでしょう。アリーは永遠に私のものなのですから」

　ぎこちない笑みを浮かべたルトは、吐き出している言葉とは裏腹に鞘に納めている剣を抜いた。白金に輝き鍔《つば》のすぐ上の刀身に付いている宝石は、月光に当たって青緑に輝いている。見間違うはずがない。ルトが手にしているのは聖剣だった。

「嫌よ、ルト。何をする気なの？」

　声が震える。私の考えている事は間違っていると思いたいのに、頭の奥では間違ってはいないと思ってしまう。

「ルト、ダメ。待って。私が」

「アリー」

　ルトが私の言葉を遮った。私を呼んだその声は、いつもの優しいルトの声だった。

「アリー、愛しています」

　そう言って微笑んだルトの表情は、私の大好きなルトだった。

「ダメ。ルト待っ」

　私が制止する言葉も言い終わらないうちに、聖剣を逆手に持ち替えたルトは、そのままなんの躊躇もせず自身の胸に突き刺した。深々と刺さった聖剣はルトの身体をいとも簡単に貫く。エメラルドに戻った瞳は再び真っ黒になり、毛先の銀色も消え真っ黒になったルトが痛みに耐えかね

絶叫したかと思うと人形のようにバタリと倒れた。

「イヤーーーー！　ルトーーーー‼」

お兄様たちを押し除けルトの元へ向かう。真っ黒になった髪は再び毛先から銀色に戻って行った。真っ黒の瞳は……。

「ルト、ルト、ルト。目を開けて。ねえ、ルト。ルト」

瞑っていては瞳の色が戻ったのかわからない。聖剣は倒れた拍子に抜けたのか、ルトの横で何事もなかったかのように白金に輝いている。

「ルト。ねえ、ルトったら」

何度呼んでもルトの瞳は開かない。目の前の現実に私の身体の中の血が逆流しているような気がした。頭の中もグラグラと沸騰しているようだ。恐怖なのか怒りなのか身体がガタガタ震えて止まらない。お兄様たちが私を呼んだような気がするが、音として捉えられない。

もう、私には何も聞こえない……。

☆☆ジャンネス視点☆☆

「アリー！　しっかりして、アリー！」

殿下の倒れた姿を見たアリーの周囲に、魔力が竜巻のように渦巻いて誰にも触れる事が出来なくなってしまった。どんなに呼びかけても私たちの声は届いていないのか、殿下を見つめたまま微動だにしない。このままでは魔力を使い果たしてアリーまで倒れてしまう。私はアリーの元へ走ろうとした。

「ダメだ！　ジャンネス殿まで巻き込まれてしまう！」

「そうですよ。とにかくアリーが落ち着くのを待ちましょう」

アッバス王太子とナシル殿下が、私を止めようと必死に肩や腕を掴む。けれどこのままではアリーまで。そう思うと居ても立っても居られなくなるのだ。

「お離しください。アリーを、私の妹を助けなければ！」

一気に魔力を枯渇させてしまっては、アリーの身体も無事ではいられなくなる。二人を切ってでもアリーの傍に、そう思った正にその時。無色だったアリーの魔力が金色に変わった。

「聖魔法？」

アリーの魔法で最も美しい聖魔法。だが金色に輝くソレは、いつものような優しいものではない。バチバチとまるで電気が走っているかのような音がする。恐る恐る触れてみる。

「っつ」

痛みに退けた手の甲にみるみるうちにミミズが這ったような痕が出来た。

「まずいな」

王太子がボソリと呟いた。そう、これは完全に暴走だ。魔力が枯渇するまでおさまる事のない魔力の暴走。アリー程の魔力量で暴走が続けば下手をすれば王城が、いや、王都にまで被害が及ぶかもしれない。

「アリー！」

力一杯愛しい妹の名を叫ぶ。しかし、やはり返事は返ってこない。金色の輝きは相変わらずアリーを中心に渦巻いている。その渦が動きを見せたのはすぐの事だった。

「アリー！　アリー！」

何度も名を呼び続けていると、若干ではあるが渦の範囲が狭まった感じがした。そして渦の中からアリーの姿が見えた。

「アリー……」

こんな時なのに、あまりの神々しさに目を見張る。それは二人の王子も一緒だったようだ。

「なんと美しい……」

「聖女というより最早神、ですね」

全身を金色に輝かせた姿に金色の耳、そして暴走故なのかいつもは一本の尾が、三本の美しい金色の尾になって揺らめいていた。しかし次の瞬間、金色の渦が再び大きくなった。しかも先ほどよりも明らかに大きい。いや、どんどん大きくなっていく。

『このままでは本当にアリーが』

そう思った私はもう我を忘れていた。二人の王子の拘束を無理矢理解き、無我夢中でアリーの元へ走った。バチバチと痛みが全身を貫いたが、そんな事はどうでもよかった。

「アリー！」

全身を血に染めながらも、私はアリーを抱きしめた。そして同時に他にもアリーの元に飛び込んだ気配がした。

「ぷに！」

『はぁ、間に合った』

「アリー」

私以外に聞こえる三つの声。金色の痛みの中、私以外にもアリーを抱きしめた者たちがいる。

これでアリーは大丈夫。そう確信した瞬間、金色の光に温もりが宿った。バチバチと痛みを与えていた光ではない、優しく暖かい光が辺りを包む。身体中を蝕んでいた痛みが消えた。それどころか傷ひとつ見当たらない。金色の光はどこまでも優しい光となって癒してくれたようだった。

☆☆☆☆☆

『アリー』

私を呼ぶ声が聞こえる。なんだか懐かしいと感じるような優しい声だ。

『アリー、起きて』

また聞こえる。透明感のあるその声は、確かに聞き覚えがある。ずっと昔に聞いたような気がするけれど、懸命に考えようとしても上手く頭が回らない。声は尚も私を呼び続ける。

『アリー、皆あなたが目覚めるのを待っているわ。まだまだあなたの物語は続くのよ。だから頑張って目覚めて』

「……神、様？」

ゆっくりと瞼を開けると、たくさんの人がいた。皆、一様に心配そうな表情をしている。

「皆、どうしたの？」

自分の置かれている状況が理解出来ていない私は、上から覗き込まれている事が不思議で仕方ない。

「アリー、気分はどうですか？」

エメラルドの瞳をウルウルさせたルトが、私の頬を指先で撫でた。

あれ？　なにか私忘れてない？　凄く重要な事を忘れている気がする。それでも考える時間は与えてもらえず、次から次へと声をかけられる。

「うん、大丈夫……」

「アリー、よかった。本当に……」

今度はお兄様だ。お兄様もまたサファイアの瞳が潤んでいる。アッバス王太子もナシル殿下も私を見てホッとしたような顔で「心配したぞ」とか「よかった」とか言ってくるが、なにがよかったんだっけ？　極め付けはクストーデとぷにちゃんだ。

『暴走なんてしおって。どれだけ心配したと思っているのだ？』

なんか怒られてる？　私。

「ぷに、ぷに、ぷにーー‼」

ぷにちゃんにまで。ええっと……私、なにかしたっけ？　思い出そうと真剣に考え始めた私に、再びルトが声をかけてきた。

「どうです？　起きられそうですか？　医務室にお連れした方がいいでしょうか？」

「大丈夫、起きれるよ」

疲労感はあるけれど、具合が悪いとかはない。ルトに手伝ってもらいながら、私はゆっくりと起き上がった。

「私、どうしたんだっけ？」

どうして倒れていたのかも、どうして皆に泣く程心配されているのかも、全く思い出せない。

『魔力が枯渇している訳ではないんだが……記憶が飛んだか？』

クストーデが私のおでこに自身のおでこをくっつけながら言った。そんなクストーデは首から水晶をぶら下げていた。黒味を帯びた紫色で私の拳程の大きさのそれをジッと見つめていると、不思議と頭がスッキリしてきた。そして急にフラッシュバックのように次々と記憶が蘇る。衝撃的過ぎる記憶の数々に眩暈《めまい》がした。

「待って、待って、ルト。どうしてルトが？　私……ルトが死んじゃったって……」

それ以上言葉を紡ぐ事は出来なくなってしまった。次から次へと涙が流れる。ルトが聖剣を自身の胸に突き刺したシーンが、何度も何度も頭の中を駆け巡る。目の前にいるルトの姿をしたこの人は一体誰？　その疑問が私の脳を、ザラつく舌で舐めたような不快な気持ちにさせる。ゾワリと肌が粟立った。そして再び魔力が全身を循環し外へ飛び出そうとしたその時。私はルトに抱きしめられた。

「アリー、落ち着いてください。大丈夫ですから。私は死んでいませんし、ケガもしていません。私がアリーを置いていく訳がないではないですか」

抱きしめる温もりも、優しく響くその声も。私がよく知っているルトと同じものだ。

「ルト？　本当にルトなの？」

「勿論です。アリー、あなたの恋人であり婚約者であるエンベルトです」

ああ、本当に本物のルトだ。そう実感した瞬間、私の涙腺は完全に崩壊した。

どれ程時間が経ったのか。やっと泣き止んだ私はいつの間にか応接室のソファに座っていた。

「可愛らしい目が真っ赤になってしまいましたね。申し訳ありません、私のせいですね」

謝りながらも少し嬉しそうな表情のルトが、私の手にお茶の入ったカップを持たせてくれた。

ハーブの香りが様々な感情に振り回された私の心を落ち着かせてくれる。一口飲むとほおっと息が漏れた。

「それにしても……」

反対側のソファに座っているアッバス王太子が、私をジッと見つめながらニヤニヤ笑う。

「その姿は聖女の究極の姿なのか？　なかなか可愛いな」

ナシル殿下も興味深そうに見つめている事に気付く。

「究極って？」

自分がどんな状態なのか気にもしていなかった。もしかしてシャツのボタンがいくつか飛んでしまった？　それともどこかが破れている？　確認しようとした私をルトがギュムッと抱きしめた。

「あなた方はこれ以上、アリーを見ないでください。あなた方にだけは知られたくなかったというのに」

「ははは、別にいいじゃないか。減るもんじゃないだろう。それに、ソレ。ちょっと触らせてくれないか？　どうにもさっきから感触が気になって仕方がない」

　王太子が自分の頭上を指で差しながら言うと、ナシル殿下も顔を綻ばせながら賛同した。

「私もです。ほんの先でいいですから」

「はあ⁉　少しでも触ったらその指、いえ、手首ごと切り落としますよ！」

　二人の言葉にルトが怒りを顕にした事で理解してしまった。私、今ケモ耳が生えているみたい。色々あり過ぎて感触すら感じる余裕なかったよ。王太子のあのニヤニヤした顔。絶対いつか触ってやるぞって言っている目だ。思わず私の口から乾いた笑い声が漏れた。

　それからも王子三人の言い合いが暫く続く。とてもつい先程まで命をかけた騒動があったとは思えない程和やかな雰囲気に笑ってしまう。お兄様が恐ろしい笑みを浮かべ、場を締めた事でやっと静かになる。

「おい、実はアイツが一番怖いんじゃないか？」

「そうですよ。わかりませんでしたか？」

「え？　でも色々と親切に教えてくださったりしましたよ」

本人たちはコソコソ言っているつもりなのだろうが、残念ながら全部聞こえてるんだよねぇ。なんだろうね、この三人。トリオ漫才でも始めるつもりなのかな。

「そもそも側近なんだろう？　なんで只者じゃないオーラ出してるんだ？」

「只者じゃないからですよ。公爵を筆頭にヴィストリアーノ家は皆、人智を超えているんです」

「あんなに美しくて優しそうなのに？」

もうダメ。変なやり取りに耐えられない。声を殺して笑う。腹筋が痛い。

「ジャンネス殿であれなのに、公爵は一体どんな怪物なんだよ？」

「それはもう。天上知らずですよ。忌々しい程に」

「兄上、この国とくれぐれも敵対しないでくださいね」

ちょ、た、助けて。

「エンベルトだけでも一国落とせそうなのに、ガンドルフィンはどうなってんだ？」

「神獣は私に世界征服を勧めますよ」

「怖っ」

そんな時、パアン！　と勢いよく手を叩く音が響いた。音の出所は勿論お兄様だ。

「さ、皆さん。アリーの腹筋が崩壊する前に始めましょうか？」

お兄様の言葉に皆の視線が私に集まる。お腹と口を押さえて無音で笑っていた私の身体は痙攣したようにビクビクしていた。

「アリー、どうしたのです!?」

ルトが焦った様子で私の肩に手を触れたけど、これ、あなたたちのせいだから。過呼吸気味になった私の頬に、今まで膝の上で眠っていたクストーデの小さな手が触れた。

『本当にお前たちは緊迫感がないな』

魔力を注いでくれたのだろう。頬から伝わる温もりに強張っていた身体から力が抜けた。ぷにちゃんも反対側の頬に、身体をピトリと寄り添わせスリスリしてくれていた。そこへノックの音と共にイレーネ王女が真剣な面持ちで入って来た。が、しかし。入ってすぐに私の姿を見たのだろう。王女の真剣な顔が一瞬にしてフニャけた表情になってしまった。

「アリーとぷにちゃん……神獣様も……なんて……なんて可愛いの」

頬を上気させ黒曜石の瞳を潤ませながら、夢遊病のように私目掛けてフラフラと近寄って来る。うん、私たちのコラボ、本当に好きなんだね。王女のそんな姿を見た王太子とナシル殿下はポカンとしながら見ているし、ルトは「ぷにちゃんはともかく」とブツブツ文句を言っている。お兄様は堪えきれなくなったらしく、ククク と私同様お腹を抱えて笑ってしまっていた。とんだカオスに陥った応接室が落ち着いたのは、それから十分程した頃だった。

「この度はわがアルーバ神国の人間がご迷惑をお掛けしてしまい、本当に申し訳ございませんでした」

深々と頭を下げたのは王女だ。そんな王女に優しく声を掛けたのはルトだった。

「いいえ。イレーネ殿、あなたが謝る事はありません。全ての元凶は邪神とエリア大司教だったのですから」

　そこからルトは事の詳細を語り出した。

「そもそもエリア大司教が大教会の奥深く、立ち入りを禁じている場所に足を踏み込んだ事から始まったのです」

　魔力が高い事と話術に長けていたエリア大司教は、商家の三男として生まれながら今の地位まで上り詰めたのだそうだ。しかし、まだ上を目指していた大司教は大教会の中にある文献を片っ端から読み耽り、邪神が教会内の何処かに封印されている事を知った。

『邪神も神のうちの一人だ。世界を作るのが神であるなら、世界を育てるのは生きとし生けるものたち。そして不要となったものを破壊するのが邪神の役目だった』

　そう語るクストーデの金色の瞳は、誰を見るでもなく遠くを見つめていた。

『だが、いつしか邪神の破壊行動がエスカレートし始めた。壊すべきでないものまで壊し始めたのだ。だから神と共に邪神を封印せざるを得なかった』

「その封印されていた物を見つけたのがエリア大司教だったのです」

　不完全ながらも封印が解かれた邪神は、エリア大司教が強い野心の持ち主であると感じ取り彼を利用する事を考えた。自分を完全に封印から解く事が出来た暁《あかつき》には、世界を手に入れようと持ちかけたのだ。当時、司教になったばかりのエリアにとっては、喉から手が出る程の話だった。

　商家の三男では今の地位が精一杯だろうと思っていたが、ここでうまくいけば更なる高みへ上ることが出来る。だがその為には多くの魔力が必要で、大司教の魔力ではとてもではないが足りなかった。だからと言って大々的に魔力を集める事は邪神にも、エリア大司教にも都合が悪い。邪神が目覚めたと知られる危険は犯さない方が良い。

そこで大司教が考えたのは、異世界から人間を召喚する事だった。異世界からやって来た人間は、相当量の魔力を持っている事を知っていた大司教は、邪神の力を借りて異世界人の澄香《すみか》を召喚。『救いの巫女』として人々の注目を彼女に集めさせた。そのお陰で邪神は魔力を確保する事が出来、エリアは大司教の地位を手に入れた。

「あの黒い箱も邪神とあなたが作ったもので間違いないです。ね、エリア大司教」

笑顔のルトが応接室の奥を見た。ルトが見た先には大司教がぐるぐる巻きで転がっていた。

「え？　ずっといたの？」

「そうですよ。元凶のうちの一人ですから」

アッバス王太子たちもうんうんと頷いている。大司教がいる事を知らなかったのは私だけだったみたい。大司教はというと穏やかな印象は最早一ミリも見当たらず、不貞腐れた顔でルトを睨んでいた。

「よくも私の神を。世界を手中におさめる事が出来たはずだったのに」

憎々しげに吐き出した言葉は、神に仕える役目を担っている人間とは思えないものだった。

「おやおや、大司教ともあろう立場の人物が言っていい台詞《セリフ》ではありませんね」

どんなに睨まれようが涼しい表情を崩さないルトは、クストーデに同意を求めた。

『そんな男が神に仕えられる訳がないだろう。あの箱が真っ黒だったのは此奴の際限のない欲望のせいだからな』

そこで初めてクストーデが数日間、いなくなっていた理由を明かした。

邪神の力を感じたクストーデは、神様の元へ向かったのだそうだ。再び現れた邪神を今度こそ完全に封印し、神様の元へ送り届け新たな邪神として生まれ変わらせるつもりなのだそうだ。

『その男が祠を見つけなければゆっくりと封印が解け、自然の流れの中で邪神も新たに復活出来たものを。本当に余計な事をしてくれた』

「もしかしてそのぶら下げているのって……」

膝に座っているクストーデの胸元にぶら下がっている物をじっくりと見る。ここに邪神が封印されている？　指先で触れてみても気持ち悪くない。それどころか黒みが強い紫色のソレは美しいとさえ思えた。

『それはそうだろう。これが邪神本来の魔力の色だ』

私の思考を読んだらしいクストーデは、紫色の水晶を見ながらそう答えた。箱が黒かったのは、大司教の魔力のせいだったらしい。邪神が魔力を詰めた箱を用意させたのは、巫女が注いだ魔力の箱に自分の魔力を注いで混ぜ合わせ、同化したものを自分の中に取り入れる事が目的だったからだ。

『小娘と邪神の魔力だけで出来た箱は、多分このような色をしていたはずだ。ところがあの者の魔力が混ざった事で箱の色が変わっただけでなく、更にタチの悪いものが出来上がったのだろう』

クストーデはまるで汚いものを見るような視線を大司教に向けた。

「私は良かれと思ってしたまでです」

大司教の話はこうだった。

巫女と邪神の魔力が注がれた箱は、完全に同化するまで時間を要すると邪神から聞いていた大司教は、それまでの間、自分で保管するようにしていた。けれどある時、手違いで箱を直に触れてしまったのだ。すると、紫色だった箱がみるみるうちに黒く変色してしまった。焦った大司教が元に戻そうとしても戻る訳もなく、証拠隠滅ではないが使用人にその箱を土の中に埋めるように指示を出した。ところが地中深くに埋め終わり戻ろうとした矢先、蔓のようなものが使用人を襲いあっという間に地中に引き摺り込んでしまった。危うく大司教も襲われそうになったが、距離があったせいなのか蔓が大司教に届く事はなかった。

「そこで思い出したのです。人々への呪いが邪神の力を強くすると文献に書かれていた事を」

そこからの大司教の話は、少しばかり常軌を逸していた。

自分の魔力が加わる事であの現象が起こると知った大司教は、保管していた幾つかに魔力を注ぎ何度か実験をした。そして自分の魔力を注ぐ程、その力が強くなる事を知った。そしてその呪いのような箱を他国にばら撒く事を考えたのだ。自国が崩壊しては元も子もないので他国を犠牲にすればいいと、それが結果的に邪神の手助けになるだろうと思っての事だったようだ。

『結果、邪神の完全復活を邪魔していただけだったがな』

クストーデが嫌味たっぷりに言うと、大司教の顔が強張った。

「そんなはずは……私は邪神の為にと……そう文献にも……」

『それが本当であるなら』

クストーデが大司教の言葉を遮る。

『小娘が言っていた人型すら保てなくなったのをどう説明する？　魔力を取り込めなくなったからこそ、人型も保てなくなったのだろう』

この言葉でクストーデの話した事が真実であったのだと理解した大司教は、最後は横になったまま項垂《うなだ》れていた。

「ルトは？」

私はルトに視線を移し、隣にいる彼をジッと見つめた。

「ルトが自分の手で聖剣を突き刺したのを確かに見た。ソレなのに傷一つついていない。一体どうして？　なにが起こったの？　わかるように説明して」

私は本当にルトが死んでしまったと思った。信じられなくて辛くて悔しくて……行き場のない感情で頭が沸騰したのを覚えている。それなのに、当の本人はピンピンしているのだ。到底納得出来るはずがない。今更になって理不尽さに怒りが込み上げる。

「そもそもはクストーデから持ち込まれた案だったんです」

眉をへの字にして、申し訳なさそうな表情をしながら、ルトはゆっくりと話し出した。

「巫女を見捨てた今、次のターゲットになるのは私だと、昨夜遅くに戻って来たクストーデが、開口一番言ってきたんです」

クストーデに説明を促す視線を向けると、静かに話し出した。

『これは仮説だが』

そう切り出した話は驚くような内容だった。

『巫女だ聖女だと騒ぎ立て、この国への訪問をもぎ取ったのはそもそもがエンベルトが狙いだったのだ。それと聖女であるアリーを懐柔出来るかどうかを見定めようとしていた部分もあったのかもしれない』

発端はサルド王国で発見された黒い箱を、ルトが開けた事で邪神自ら、ルトの魔力と自分の魔力の相性の良さを感じ取ったのだという。

『巫女を召喚し膨大な魔力を補充しようとしていたが、あの男が勘違いをしてくれたお陰で上手く事が運ばず、しかも聖女と呼ばれる娘が箱を浄化してしまう程力を持っている。せっかく復活のチャンスが目の前にぶら下がっているのに、このままでは再び封印、最悪消滅の恐れが出てきた訳だ。なんせ今世の聖女は本当に強いからな』

私を見ながらクストーデはククと楽しそうに笑った。嬉しそうでなによりだ。若干バカにされた感も否めないけれど、まあよしとしよう。

『そんな時にエンベルトが黒い箱を開放した。膨大な魔力は勿論、まあとは腹黒さが共感を呼んだのかは知らんが自分を復活させる為にちょうどいい依代を見つけたと思ったのだろう』

ルトのこめかみがピクピクと引き攣っている。怒ってるんだろうなぁ。でもクストーデはお構いなしに続けていく。

『邪神も大喜びだったろうな。エンベルトを乗っ取る事が出来れば力は漲《みなぎ》るし、なんといっても聖女の婚約者だ。聖女は絶対に自分を殺せない』

確かに。クストーデの言う事に納得してしまった。これは本当に危なかったのかもしれない。

『我は神の所へこの水晶を取りに行った。今度こそ完全な封印をして神の元へ送り、新たな邪神として生まれ変わるようにする為にな』

神様も生まれ変わるんだなとぼんやり考えていると、アッバス王太子がクストーデに向かって軽く手を上げた。

「聖剣で刺してもエンベルトが死ななかったのは？」

その質問に答えたのはルトだった。

「聖剣が聖剣としての役割を果たしたからですよ。聖剣は持つ者の意思をしっかり汲み取ってくれるんです。つまり斬りたいと思ったモノだけを斬る。突き刺した時の痛みや衝撃まではなかった事に出来ませんでしたけれど、なんと言ってもアリーの力が宿っている聖剣です。突き刺した瞬間から聖魔法が発動して、邪神のみを斬ってくれた訳です。流石、私のアリーの力は剣となっても愛する私を傷つける事がないんですよ」

ニコニコの顔で私の方を見て「ね」と言いながら手を握ってきた。

「だがその事をちゃんと聖女に伝えていなかったんだろ？　ちゃんと言っておけば聖女が暴走する必要なんてなかったのにな」

王太子のど正論にナシル殿下もうんうんと頷く。

「確かにそうですよね。あ、でもそのお陰でという言い方は悪いですが、神々しい姿を見る事が出来たのはラッキーでした」

「ああ、確かにな。聖女には悪いが、あれはちょっと言葉で言い表せない程だったな」

「そうですよね……私も目覚めた瞬間にあの姿が目に入って……心臓が止まりかけましたよ。私は剣ではなくアリーの神々しさに殺されるのかと。なんて素晴らしいのだと思ってしまいました」

神々しい姿って……ケモ耳と尻尾が生えただけでしょうに。そう心の中で思っていたら、それだけではなかったようだ。

「あの、アリーの神々しい姿とは？」

イレーネ王女が皆に質問すると、ルトは嬉しそうにその時の説明を王女に話した。

「え？　私ったら金色になってたの⁉　おまけに尻尾が三本？　どういう事？　進化してるんですけど⁉」

答えを求めてクストーデを見ると、クストーデも正確な事はわからないとの事だった。

『まあ、アレだ。暴走で必要以上の聖魔法を放出したせいじゃないか？　知らんが』

どうでもいいという顔だ。うう、消えるどころか増えるなんて……。

「アリー、よかった。今はもう大丈夫なのですよね？」

王女は落ち込む私に近付き、私の両手を王女の両手で包み込みながらそう言ってくれた。純粋に私を心配してくれているとわかって嬉しくなったのも束の間。舌の根も乾かないうちにこうも言った。

「出来る事なら、その姿を私も見たかったです」

呟くように言っていたけれど、しっかり聞こえてしまった。そしてそれに対してルトもとんでもない事を言い出す。

「イレーネ王女、もしかしたら見る事が出来るかもしれませんよ。あの場所には監視する為の水晶が設置されています。もしかすると映っているかも」

「本当ですか⁉　もし、もし映っていたら是非、拝見させていただきたいです」

二人のやり取りに軽い頭痛を覚えた。王女の可愛いもの大好きの焦点が私たちに集中している。

完全にルト化している。

『エンベルトが二人になったな』

クストーデもそう言って笑った。こうして、黒い箱の一連の騒動は幕を閉じたのだった。

九章　皆、仲良く

アルーバ神国の件から二日後。ミケーリ王立魔法学校へ戻って来た私は放課後、カフェの奥のソファ席でいつものメンバーとお茶をしていた。会話の内容は言わずもがな、アルーバ神国の事だ。

今、ルトとお兄様はイレーネ王女と元巫女である澄香《すみか》をアルーバ神国まで送りがてら今回の件の後処理をする事になっている。エリア大司教が個人でやらかしたとは言っても、それを見過ごした教会側もなんらかの処分は免れないだろうとルトは言っていた。ルトとしては教会が権力を手放し、再び王族が政治を担う方向に持って行くつもりのようだ。サルド王国も協力をしてくれるそうなので、きっと上手く行くだろう。その全てが片付いたらサルド王国とアルーバ神国、両国と友好条約を締結させる予定なのだそうだ。

エリア大司教の処分がどうなるのかは、アルーバ神国に行ってみなければわからないけれど、両手が使えない今、処刑を免れたとしても教会にはいられない訳で。きっと困難な未来が待っているのだろうと思う。

「邪神はどうしたんだ？」

概要を話し終わるとラウリスが質問してきた。

「邪神はちゃんと神様の元へ送ったわ」

あの時の光景を思い出しながら私は話し出した。

応接室で話した後、邪神を神様の元へ送り届ける為に私たちは中庭に出た。クストーデが本来の姿に戻ると、イレーネ王女が感動のあまりに泣き出すというハプニングに見舞われながらも、クストーデに言われた通りに邪神が封印されている水晶を神様の元へ送る準備をした。

ルトたちが見守る中、クストーデの魔法でシャボン玉のようなものの中で浮かんでいた私は両手で水晶を持ち、全体を覆うように魔力を纏わせる。

『それでいい』

水晶の状態を確認したクストーデは、そう言うと自分の魔力もその上から纏わせた。すると金色の光を放っていた水晶がふわりと浮かぶ。それを確認したクストーデは顔を天に向け大きく咆哮した。それはいつものような威圧的なものではなく、まるで歌を歌っているような、切ない気持ちになるような不思議な咆哮だった。暫くすると天に向かって真っ直ぐに金色の光が伸びていき、少しずつ広がった光はやがて道のようになる。

『アリー、水晶を導いてやれ』

導けと言われてもどうすれば、と思ったのはほんの一瞬の事で、どういう訳かどうすべきなのかがはっきり頭に浮かんだ。

「さあ、神様の所へ真っ直ぐ行くのよ」

そう水晶に言葉をかけ両手に魔力を纏わせ水晶を押し出すように上へ向けると、浮かんでいた

水晶はまるでわかっているかのように光の道の中へ入り、真っ直ぐに天に昇って行った。

「綺麗……」

『ああ』

紫と金色に輝きながら光の中へ消えていく光景は、とても神秘的で溜息が零れてしまう。きっと皆も同じ気持ちで見上げているだろう。暫くの間見上げ続けていると、どこからか呼ばれているような気がした。

「？」

辺りをキョロキョロしてもなにもない。下にいるルトたちが呼んだのとも違う。上から聞こえたような気がするのだ。もう一度聞こえないかと耳を澄ますと、今度ははっきり聞こえた。

『アリー』

声を聞いた途端、確信した。神様だと。優しく響き渡るようなこの声を忘れるはずがない。間違いなく神様のものだった。

『アリー、クストーデありがとう』

優しい声色に懐かしさを覚える。なんだか少し前にも聞いた気がするけれど、あれはいつだったか……。思い出そうとしていると、神様の声は続けてこう言った。

『それから小さな勇者さんも』

え？　小さな勇者さん？　誰の事を言っているのかわからず首を傾げていると、肩の上のぷにちゃんが「ぷに」と誇らしげに鳴いた。

「なんでぷにちゃんが返事したの？　え？　ぷにちゃんが小さな勇者？」

　確かに可愛いし、健気だし、強いし、優秀だけれど……魔物だよ？　それなのに当然というようにクストーデはうんうんと頷いている。なんだか嬉しそうだ。

『まあ、我の弟分だしな』

「それ、なんの説明にもなってないからね」

　クストーデの意味不明な言葉に突っ込んでいると、神様が笑った。

『ふふ。アリー、幸せそうね？』

『うん、とっても幸せ』

　即答すると、また神様が笑った。

『よかった。きっとまだまだ色々な事があるわ。これからも見守っているからたくさん楽しんで』

『ええ。ありがとう、神様』

　もう二度と話す事はできないと思っていた神様と話す事が出来た嬉しさと、もうお別れなのかという寂しさが綯い交ぜになって胸がキュウッと締め付けられて、勝手に涙が浮かんでくる。零れてしまわないようにと堪えていると、光の道が薄くなっている事に気付いた。

「道が……」

『ええ、邪神の水晶が無事に届いたから。そろそろお別れ』

　わかってはいるのに寂しくなってしまう。そんな私の気持ちを汲み取ったのか、神様は努めて明るい声で言った。

『ふふ、大丈夫。会えなくてもちゃんと見ているわ。だってあなたたちは三人とも私の可愛い愛し子なのだから』

「神様……」

嬉しさで感極まったのは一瞬。ん？　ちょっと待って。三人？

『じゃあ、またいつか、ね』

「え？　ちょ」

私の疑問をよそに、光の道が完全に消えた。神様の声も消えてしまった。私の涙も消えてしまった。

「ねえ、ちょっと神様？　三人ってなに？　三人目って誰なのぉ？」

どんなに叫んでももう返事は返ってこない。三人目って？

「クストーデ」

答えを求めて見上げれば、金色の瞳が私をバカにしたようにキラリと光る。

『何故わからぬ？　ぷにに決まっているだろう』

そう言うや否や、クストーデがスーッと小さくなり始める。それに従うようにシャボン玉も小さくなっていく。待って。このまま小さくなってしまったら私はどうなるの？　落ちちゃうんじゃない？

「ちょっと、クストーデ」

呼んだところでもう止まらない。とうとう地面まで残り一メートルという辺りで、シャボン玉が消え、そのまま私は地面に落とされ尻餅をついた。

「いった」

ぷにちゃんは急降下が楽しかったのか、肩の上でポンポンと楽しそうに弾んでいるし、当のクストーデは涼しい顔で『ギリギリまで支えてやっただろ』と宣う始末。

「大丈夫ですか？」

打ちつけたお尻を撫でながらクストーデを睨んでいると、ルトが駆け寄ってきた。その横にはイレーネ王女もいる。

「やはりこのドラゴンにはお灸を据える必要がありそうですね」

そう言って剣を抜こうとするルトに、中型犬サイズになったクストーデは鼻で笑う。

『お主に灸を据えられる覚えはないな』

「ふふ、なにをすっとぼけているんです？　たった今アリーを落としたではありませんか」

『ほんの少しだろう。ケガをした訳でもあるまい。ぷにだってアリーを助けようとしなかったではないか』

まあ確かにね。お尻で落ちた私が鈍臭っかっただけだし。ルトとクストーデが口喧嘩している間に、王女が私を起こしてくれた。

「ありがとう、お姉様」

「どういたしまして。それよりケガはしていませんか？」

「大丈夫です、ちょっとお尻を打っちゃっただけだから」

「なんだか叫んでいたようですけれど？」

「ああ、それは」

再び応接室に戻った私たちは、水晶が無事に神様の元へ届いた事、神様と少しだけ話が出来た事、そしてぷにちゃんも神様の愛し子となった事を伝えた。

「魔物から神の眷属になり得るという事か？」

アッバス王太子が興味深そうに、ぷにちゃんを凝視する。

「だからスライムとは思えない程賢いんですね」

私の背後に立っていたナシル殿下が、ぷにちゃを軽く突くと「ぷに」と嬉しそうに鳴いた。


そこまで話し終わると、ラウリスたちの視線はぷにちゃんに集中した。

「凄い！　ぷにちゃん」

ジュリーは興奮したのか頬を上気させながらぷにちゃんに拍手を送る。

「只者じゃないとは思っていたが」

ラウリスも感心したようにぷにちゃんを見ている。皆から称賛を受けたぷにちゃんは、嬉しさからなのかプルプルっとしてから膨らんだ。可愛い奴め。

ルトたちがアルーバ神国に向かってから半月程経った。

馬術の授業では魔馬も人を乗せる事はないが、他の馬たちと一緒に柵の中にいる。たくさんの生徒たちに会わせる事で、少しでも人に慣れるようにしているのだそうだ。今は私に首を絡めて離してくれないけどね。暫く学校を休んでいたから寂しがってくれているみたい。

「ふふ、この甘えっぷり。やっぱり似ているわよね」

隣で私と魔馬の様子を見ていたチアがクスクスと笑う。その隣にいたチタも私たちを見ながら笑っていた。

「銀の鬣とエメラルドの瞳が余計そう思わせるのよね、きっと」

誰とは言っていないのに通じるあたり、きっと他の皆も同じように思ってるんだろうな。私だって思っちゃってるし。魔馬の鼻先を撫でながら三人で笑っていると、ラウリスたちがこちらにやって来た。

「次、アリーたちの番だぞ」

どうやら乗馬訓練の順番が回って来たらしい。

「ちょっと行ってくるね」

ゆっくり魔馬の拘束を解き離れようとすると、袖口を咥《くわ》えられてしまった。行かせてはくれないらしい。どうしようかと困っていると魔馬は、柵に身体を横付けにしてタンタンと前足で地面を掻いた。

「もしかして、自分に乗れって言ってる？」

私が聞くとまるでそうだと言っているかのように、尻尾をふさりと大きく揺らす。そして咥えている袖口を軽く自分の方へ引っ張った。

「どうしよう」

私が困っていると様子を見ていたのか、先生が近付いてきて「乗ってみては？」と提案してきた。

「アレクサンドラ嬢であれば大丈夫でしょう。魔馬自身も望んでいる訳ですし。ただ、この子が人を乗せる事を想定していなかったので、魔馬用の馬具はありませんが」

「あ、それは大丈夫です」

鞍《くら》も手綱もなくても別に大丈夫。魔法を駆使すればなんとかなるし、魔馬自身、衝撃を和らげたり風の抵抗をなくす魔法を自然に使う事が出来るので辛くはないだろう。であればと、魔馬に乗ってみる事にした。

「鬣、掴むよ」

魔馬に乗り、そう声をかけると、こちらに顔を少し向けた魔馬は目を細めた。ぷにちゃんは興奮しているらしく肩の上でプルンプルンしている。

「よし、じゃあ好きなように駆けていいよ」

私の掛け声と共に、魔馬は軽やかに走り出した。お尻が痛くならないように保護魔法だけはかけたが、あとはやはり魔馬が自然に魔法をかけているようで、快適に乗る事が出来た。時間いっぱい走った魔馬は、私が声をかけなくてもちゃんと皆が待っている場所に戻った。

「いい子ね、ありがとう」

「ぷにぷに！」

ぷにちゃんと一緒に魔馬の首を撫でていると、校舎の方が騒がしくなる。

「なんだ？」

「なにかあったのか？」

ラウリスとオレステが咄嗟にジュリーとチタ、チアを背後に隠しながら騒ぎの方を見た。私は？　と一瞬思ったけれど、守られる女じゃないですから、どうせ。

「様子を見て来ます」

そう言ってロザーリオが校舎の方に向かったが、あっという間に戻って来た。

「授業どころではなくなりました」

呆れた声色でそれだけ言うと私を見た。

「え？　なに？」

問いかけてもロザーリオはそれ以上なにも教えてくれない。他の皆も「あー」とわかったみたいなのに教えてくれない。私もなんとか騒ぎの根源を見ようと思っているのに、何故か魔馬が邪魔をしてくる。横に避けてもジャンプしてみても魔馬の巨体に視界を遮られてしまうのだ。そのうち女性たちの黄色い声が上がり出した。

「なにごと？」

するとすぐに、見えない向こうからあり得ない声が聞こえた。

「お、聖女。なにをしているんだ？」

「げっ」

声だけでわかってしまった。なんで？　と思いながら隠れようかどうしようか迷っているうちに、笑顔のアッバス王太子がやって来た。

「げって。聖女はここに来るまでの歓声が聞こえなかったのか？　全く。聖女くらいだぞ。俺を見て嫌そうにするのは」

文句を言いつつ嬉しそうなのはなんで？　もしかして実はドMなの？

「どうしてここにいらっしゃるんです？　サルド王国にお帰りになったのでは？」

アルーバ神国の件が片付いたのなら、この国にいる必要なんてないのに。嫌味を込めて言ってみたのに気付いていないのか、楽しそうに声を上げて笑っている。

「ははは。無事に友好条約を結ぶ事になったからな。聖女に祝ってもらおうと思って来たんだ」

なんで私が祝うの？　アルーバ神国はお姉様と澄香がいるから嬉しいけれど、サルド王国は別に興味ないよ。

「なんで私が？　って顔をしていますね。ふふ、相変わらず正直ですね、聖女様は」

ナシル殿下までいた。そしてやっぱり怖い。もう魔馬に乗って逃げちゃおうかな。そう思っているとルトとクストーデを抱いたお兄様も来た。ロザーリオの言う通り、授業どころではなくなってしまったようだ。

「せっかく平和だったのに」

あっという間に王城に連れ去られてしまった私の口からは、今のところ愚痴しか出て来ていない。

「まあまあ。ほらいいワインを見繕ってきたぞ。飲め」

広いダイニングに、女一人。周りは王子ばっかり。ルトはずっと冷気を垂れ流してる状態で、そろそろ誰かが凍死するんじゃないかな、というレベルだ。

「兄上、いい加減にしろよ。聖女殿を口説いているのは私だ。兄上はそれ以上女性を抱えてどう
するつもりだ？」

アッバス王太子にフレド王子が喧嘩を売りながらガバガバとワインを飲んでいる。それにして
も同じセリフをかれこれ五回くらいは聞いている。フレド王子が潰れるのも時間の問題だろう。

「私がいる事もお忘れなく」

ジュスト殿下は飲んでもあまり変わらないみたい。でも心なしか目が据わっているような気が
しなくもない。

「聖女様、そんな酔っ払いたちは放っておいて、ちょっと散歩でもしませんか？」

向かいの席ではナシル殿下が頬杖をつきながら流し目で見てくる。普通の女性ならイチコロレ

ベルだろう。

『よりどりみどりだな。どれにする気だ？』

ぷにちゃんとステーキを頬張りながら、クストーデがケラケラ笑っている。心の底から楽しそうでなによりだけれど、ドレスにソースは垂らさないでね。

そんな時。

ビキビキッ！

いきなりすぐ隣でなにかが潰れるような音がした。何事かとルトを見れば恐ろしい笑みを浮かべてテーブルの縁を掴んでいる。音はその辺りから聞こえたようだ。まさかとクロスを捲ってみると、大理石のテーブルに亀裂が入っていた。

「失礼。誰からやってしまおうかと考えていたら、力が入り過ぎてしまいました」

真っ黒の笑みを浮かべながら、尚も掴んでいる縁からはまだミシミシと音が聞こえる。このままでは真っ二つになるかもしれない。咄嗟にお兄様を見ると目が合ったお兄様は、何故かゆっくりとステーキをナイフで切り分け、口の中に入れてみせた。

『それだ！』

兄妹のテレパシーなのかお兄様の意図を汲み取った私は、急いで自分のステーキを切り分けてルトの口元に持って行った。

「ルト、アーン」

それまで真っ黒の笑みを浮かべていたルトは真顔になり、目の前にあるお肉と私を交互に何度か見た後、満面の笑みを浮かべ素直に口を開いた。

「ふふ、美味しいです」

一気に機嫌が良くなったお陰で冷気は消え、縁を掴んでいた手を離して王子たちを見回したルトは、ふっと勝ち誇ったような笑みを浮かべた。その場が一瞬の沈黙に包まれる。

それから一斉に喋り出す。「俺にもしてくれ」だとか「ずるいなぁ」だとかそんな言葉で煩くなったけれど、ここで反応してしまうとまた面倒な事になる。私はひたすら無視を決め込んでステーキを頬張る。膝の上ではひっくり返って笑っているのがいたけれど、それも無視しておいた。

視界の端には肩を震わせているお兄様も見えたけれど、見ないようにした。

エピローグ

翌日にはアッバス王太子とナシル殿下は、サルド王国に帰って行った。本当に祝う為だけに来たらしい。あんなに遅くまで飲んで騒いで、まだお互いの国を転移で繋げていないのに、とんだ体力オバケたちだ。

「今度こそ平和になったはずだよね」

見送りをする為にと王城に泊まっていた私は、中庭で布を敷いて日向ぼっこ中だ。膝の上ではクストーデとぷにちゃんが眠っていた。

昨日のルトたちの話ではアルーバ神国の件は上手く収まったとの事だった。しかも、クストーデのお陰で。

教会は神に仕え助けを求める人々を導く事。

王族は全ての国民の為に国を治め豊かにする事。

この二つを元の大きさに戻ったクストーデが、王都中に聞こえるように念話で送った事ですんなり収集がついたのだそうだ。エリア大司教は処刑にはならず、一生王城にある牢の中で幽閉生活を送る事になったらしい。澄香《すみか》はというと、彼女の身柄は王族預かりになり、市井で治癒師として働く事を許可してもらったそうで嬉しそうにしていたとか。

「流石神獣様、やるじゃない」

眠っているクストーデの頬を軽く突くと、モゾっと動いたが起きる事なくそのまま眠り続けている。

「はあ、楽しみだなぁ」

昨夜のお兄様の話を思い出すと、ニヤニヤが止まらない。

「ふふ」

「なにがそんなに楽しいのですか？」

一人で笑っていると、ルトがやって来た。

「だって、お姉様が来るのよ。それも私の本当の姉になりに」

ニヤけた顔で私が言うと、ルトは笑いながら私の隣に座った。

「義姉、でしょ」

そう。イレーネ王女はお兄様のお嫁さんになるのだ。お兄様ったら仕事が早い。お兄様が王女から預かってきた手紙では、国が落ち着いたらって書いてあった。

「なるべく早く来るって手紙に書いてあったんだけど、どのくらいで来れると思う？」

ルトに聞いたってしょうがないんだけれど、目安が欲しいと思ってしまうのだ。

「そうですね。二年程前までは政治を取り仕切っていた訳ですから、実権を握った今、実を結ぶのは先だとしても立て直す事自体はそう難しい事ではないでしょう。彼女もメインは騎士団の方でしょうから引き継ぎなどをするとして、まあ半年くらいですかね。イレーネ王女自身が早く来たいと思っているようですし、もっと早いかもしれませんね」

「半年かぁ、ああ、楽しみだな。あ、夏季休暇に遊びに行くのもいいかも」

そんな事を話していると、私の肩にルトが頭を傾けてきた。

「相手が女性だとしても、なかなかに妬《や》けますね。イレーネ王女の事は認めておりますが、彼女に心を傾け過ぎるのは面白くありません」

お姉様でも？　そう思いながら肩の上のルトを見ると、すぐ近くにエメラルドが輝きながらこちらを見ていた。その輝きは悪戯めいている。

「もう、ルトったら」

軽口なのだと理解した私が笑うと、ルトも笑った。肩から離れたルトの顔が、少し身を乗り出したのか私の目の前に来た。

「冗談半分、本気半分といったところですがね」

そう言って触れるだけのキスをする。

「ここ最近は、邪魔者ばかりが増えてしまってアリーとの幸せな時間が削られてばかりでした。私の可愛いケモ耳もアッバスなんかに見られてしまうし。本当に不愉快です。やはりあの男だけでも……」

「ダメよ。ダメだから。国際問題だから」

もう。本当にやってしまいそうだから怖い。するとルトの眉が下がる。

「では、可哀想な私を慰めてくれますか？」

「わかった。でも、どうや」

最後まで言葉を紡ぐ事が出来なかった。ルトの唇に塞がれてしまったから。呼吸まで奪い取られてしまいそうなキスの嵐に苦しくなる。鼻で呼吸をしても追いつかない程のキスに眩暈がして後ろに倒れそうになった。ルトの手に支えられて難を逃れるが、本当の難は逃れられていない。頭を支えられた事で身動きが出来なくなってしまったのだ。翻弄され続け気が遠くなる。

「ふふ、可愛らしいですね」

妖艶な声色に身体が痺《しび》れたような感覚がした。このままじゃ、食べられてしまうかもしれない。膝の上の勇者たちを起こそう、そう思った時だった。

『ぷに、やれ』

「ぷにー」

そう聞こえた瞬間、ぷにちゃんの鞭がルトのお尻辺りを打った。鋭い音にルトのキスが止まった。

「クストーデ、ぷにちゃん。邪魔はしないでいただけますかね」

途端に黒くなるルト。けれど、クストーデは勿論、ぷにちゃんも涼しい顔だ。

『お主こそ。アリーが酸欠で死んでもいいのか?』

「そこはちゃんと加減してます」

『出来ていなかったが?』

「ぷにぷに」

ぷにちゃんにまで言われている。たじろぐルトが可笑しくて笑ってしまった。笑いながらルトの胸元の服を握り、グイッと引っ張った。そして、今度は私からキスをした。驚いた表情で固まり私を見つめているルトに微笑んでみせる。

「あのね、誰に言い寄られようが私の好きな人はルト一人だよ」

「アリー」

私の言葉に感動したのか満面の笑みを浮かべたルトは、今度はゆっくりと顔を近付けてきた。

『全く』

文句を言いながら再び眠りにつくクストーデとぷにちゃんを撫でながら、私はゆっくりと目を閉じた。

番外編

アレクサンドラのいない時間

Danzai sareteiru akuyakureijo to irekawatte konyakusyatachi wo Buttobashitara.

Dekiai ga matte imashita

サルド王国からの来賓が来て五日程経ってから、接待の為に学校を休んでいたラウリスが学校へ戻って来た。

「どうでしたか？　アッバス王太子殿下たちは？」

授業が終わってから、いつものカフェの奥のソファ席でお茶を飲んでいると、ロザーリオがラウリスに問いかけた。ラウリスは「そうだな」と少し考えてから答え始める。

「まあ、おまえたちも晩餐会で目の当たりにしたからわかっているだろうが、アッバス殿もナシル殿もなかなか癖のある人物だよ。だが、意外と相性がいいのか兄上とアッバス殿は仲が良くなっている気がする」

そこまで言うと、ラウリスは困ったような表情に変わる。

「しかし視察を兼ねて毎日あちこち行くのはいいんだが、面倒な事に何処へ行くにもアリーを連れ回すんだ。お陰で兄上の機嫌はどんどん悪くなっていく一方だ。毎日のように兄上はアッバス殿に剣を向けている。このままだと腕が切り落とされるのも時間の問題だろうな」

晩餐会でのアッバス王太子の様子を思い出したロザーリオたちは、納得したように「ああ」と大きく頷いた。

「ふふ、アリーったらモテモテだったものね」

ジュリエッタが思い出し笑いをすると、フェリチタたちも伝播したように笑い出す。ひとしきり笑い終わってから、フェリチタが得意げな顔をした。

「私の見立てでは、アッバス王太子殿下は本気よ。ふざけているように振る舞ってはいるけれど、本当にアリーを欲しいと思っていると思うわ」

　すると、フェリチアもニヤリとした笑みを浮かべてこう言った。

「私もチタの意見に賛成。あの押しっぷりはどう考えても本気よね。流石に奪うような真似はしなさそうだけれど。それに、ナシル殿下も実は本気でアリーを欲しがっていると思うわ」

　その言葉に疑問を投げかけたのはジュリエッタだ。不思議そうに小首を傾げフェリチアを見た。

「ナシル殿下も？　あの方はふざけているように見えるけど……」

　そんなジュエッタの仕草に、フェリチアは笑いを堪える。今、ここにアレクサンドラがいたら、間違いなく鼻血を出しそうになっているだろうと考えたからだ。手で鼻を覆うアレクサンドラの姿が脳内で再生されながらも、人差し指をチッチッチと振った。

「ふざけているように見えて実は本気、というところね。流し目でアリーを見ている時のあの視線は本気で落とそうとしているとしか思えなかったもの」

　すると、フェリチタが「キャー」と楽しそうに騒ぎ出した。

「アリーったら凄すぎ！　しかも皆王子ばかりよ。五人の王子をメロメロにしているという事ね……あ、ごめん！　ジュリー、私ったら」

　焦ったようにフェリチタがジュリエッタに頭を下げた。五人の中にはジュリエッタの兄であるジュスト王太子も入っているからだ。友人の兄で楽しんでしまった事を申し訳なく思ったのだろう。だがここで、すかさずラウリスがフェリチタに突っ込む。

「私には謝罪はないのか？　その五人の中には間違いなく兄上も入っているんだよな」

フェリチタはプッと吹き出した。

「確かにそうよね。でもなんでだろう？　全く申し訳なく思えないのよね」

フェリチタの返しに他の皆がププッと吹き出した。ラウリスだけは大きく溜息を吐く。

「まあ、わからないでもない。兄上自身がアリーにメロメロな自分を楽しんでいるからな」

その言葉に皆一斉に笑い出した。言った本人であるラウリスまでもが笑ってしまっている。

暫くして笑いが少しおさまると、ジュリエッタがフェリチタを見た。

「チタ。私も全然気にしてないからね。お兄様が横恋慕したのは仕方がないと思うし。それだけアリーが素敵な人って事なんだもの。こんな風に言うのは変かもしれないけれど、アリーを好きになったお兄様は見る目がある、なんて思ったりもするの。それにね」

途中で言葉を切ったジュリエッタは、少し恥ずかしそうな表情で俯く。

「大好きなアリーが皆に好かれているのを見ると、流石私のアリーって思ってしまうの」

ボソリとギリギリ聞こえるくらいの声でそう答えたジュリエッタの顔は、俯いていてもわかる程赤く染まっていた。そんな彼女を見たラウリスは、もの凄い勢いで彼女の頭を撫で始める。双子たちはというと、満面の笑みを浮かべて声を揃えた。

「「それ、わかるぅぅ」」

驚いた表情で顔を上げたジュリエッタと双子たちは、楽しそうに顔を見合わせてふふふと笑った。そんな三人を見ている男性陣は、呆れつつも婚約者たちの楽しげな姿に微笑んでいる。ラウリスに至っては少し複雑そうな表情だ。自分の大好きな兄であるエンベルトの婚約者であり、更に自分の親友の一人だと思っているアレクサンドラが、他国の王子たちに言い寄られているせいで兄の心労が絶えないのだ。複雑な心境になるのも致し方ない。そんな想いが思わず口から零れる。

「アリーがモテるのは仕方がないが、兄上が不憫だ」

ラウリスの発言に皆がキョトンとした顔になった。そして、またもや一斉に笑い出したのだ。

「ククク、確かに普通の男性であれば不憫と言えるのでしょうが、エンベルト殿下にその言葉は当てはまりませんよ」

「何故だ？」

ロザーリオの言葉に、思わずラウリスは不服そうな声を上げた。するとフェリチアがロザーリオよりも早く口を開く。

「ラウリス、あなた自分の兄の強さをわかっているはずでしょう？　アリーを奪おうとする人間が目の前に現れたとしても、簡単に排除出来てしまうのよ。実際、アッバス王太子殿下を瞬殺したらしいじゃない。それに、あの二人が心の底から想い合っているのは、誰よりも私たちが知っている事だし」

フェリチタもフェリチアに続く。

「本当にね。あの二人のラブラブっぷりを見ていると、こっちまで幸せな気持ちになるわ。でもまあ、エンベルト殿下の心労が重なっているのは確かかしらね。実際、晩餐会の時の殿下も凄かったわよね。冷気がダダ漏れで、本気で周辺を凍らせてしまうんじゃ？　って思うくらいだったもの。席が離れていた私でも寒かったわ」

「でも、一度アリーを抱いて出て行ったわよね？　それに、戻って来てからはなんだかずっと楽しそうだったわ」

ジュリエッタのこの言葉に、フェリチアがうんうんと頷く。

「そうそう。ずっとニコニコ？　違うわね、ニヤニヤよ。先程までの殺気はどこへ？　って突っ込みたくなるくらい上機嫌だったわよね」

恋バナをしている三人は、本当に楽しそうだ。そんな盛り上がりの中、ホットケーキを頬張る事に集中していたオレステが口を開いた。

「アリーのケモ耳でも堪能したんだろ」

何気なく放たれた言葉に、オレステ以外の皆の表情がポカンとしてしまう。オレステからそんな言葉が投げかけられるとは思ってもみなかったせいだろう。ポカンとした顔のまま、ラウリスがボソリと言った。

「オレステ……おまえ、たまに鋭いな」

ラウリスの一言に皆がうんうんと頷く。けれどオレステは、皆のその態度を気にする素振りもなく笑った。

「はは、エンベルト殿下がマントをアリーに被せる寸前に、アリーのあの耳が見えたからな。殿下ってあの耳、凄い好きそうだったもんな」

再び皆の驚いた視線がオレステに刺さる。

「見えたのか？」

　ロザーリオが瞬きを忘れたように目を見開いて言った。

「ん？　一瞬だったけどな」

　特段気にした様子もなく、相変わらずホットケーキを頬張りながら答えるオレステ。皆が微動だにしない中、彼のナイフの音だけが響いた。数秒の静けさの後、隣に座っていたフェリチタがオレステの頭を撫でた。

「凄い！　オレステ凄いわ」

　突然の婚約者からの賛辞に、オレステが目をパチパチさせていると、皆からも次々に彼へ賛辞を送られた。

「兄上の咄嗟の行動を目で追えるようになったとは。アリーに負け続けた成果が出たな」

「図体ばかり大きくなった訳ではなかったのですね」

「ふふ、アリーとの体術の訓練が実を結んだのね」

「流石、アリーね」

　果たして賛辞と言えるのか若干疑わしくはあるが、言われたオレステは嬉しそうに満面の笑みを浮かべていた。

　サルド王国からの来賓が来てから十日。

「ラウリス、アリーはまだお休みなの？」

昼休みの学校の中庭で、大きな溜息と共にフェリチアが聞くと、ラウリスが眉を顰めながら答える。

「ああ、観光に付き合わされている感じだな。サルドの連中が帰らない限り、アリーも戻って来ることはないだろう。兄上がいなくても関係なくアリーを連れ回しているようで、先日も土産を買うだとかで一日街中を歩き回ったらしい」

「もういい加減、アリーを返してくれないかしら？」

「本当よね。アリーがいないと学校がなんだか静かな気がするのよねぇ」

双子が溜息まじりにそうぼやくと、ジュリエッタも大きく溜息を吐く。

「いいなあ、私もアリーとお出かけしたい」

少し拗ねたような言い回しが可愛らしくて、ラウリスの心拍数が上がった。そんな自分を誤魔化すように咳払いをしたラウリスは、俯いているジュリエッタに優しく声をかけた。

「アリーがいなくて寂しいのか？」

「うん、寂しいわ」

「私も寂しい」

「私だって」

双子も追従する。

「俺も。もうずっと体術訓練が出来ていないんだ。一人で訓練してもなんの意味もない」

「私もです。始めのうちは静かでいいと思っていたんですが、こうも静かな時間が続くと虚無感が生まれるんです。これって完全にアリーに毒されていますよね」

　オレステとロザーリオも素直に寂しさを言葉にした。そんな皆を見て、ラウリスも素直になる。

「確かにな。アリーがいないだけでこんなに学校って静かだったか？　と思ってしまっている自分がいる。ロザーリオの言葉じゃないが、完全に毒されているようだ」

　皆が揃って溜息を吐いたせいか、なんとも湿った空気になってしまう。一同がアレクサンドラの存在の大きさを痛感したのだった。

　そんな中、湿った空気を払うようにラウリスがパアンと大きく手を鳴らした。

「よし。週末にでも出かけるか？　アリーがいないからって暗くなっていても仕方ないしな」

　すると、ジュリエッタはキラキラした瞳をラウリスに向けた。

「本当⁉︎　嬉しい！」

「！」

　再び、今度は隠しきれない程ラウリスの心臓が大きく揺れた。兄のアリーに対する度を越した可愛がりっぷりを見て、いくら大好きな兄であっても流石に恥ずかしいと思っていたのだが、自分も大して変わらないのだと自覚した。現に今、ラウリスはジュリエッタを抱きしめてしまいたい衝動に駆られている。校内であるからとなんとか自重しているが、いつまで自重し続けられるのだろうと不安になる。そんなラウリスのすぐ横では、オレステとフェリチタがこんなやり取りをしていた。

「確かに晩餐の時以来、ずっと学校にこもっているかも。オレステ、思いっきり楽しもう？」

「いいな。街で美味《うま》いもんでも食べるとするか」

「やったぁ」

喜びの声を上げながらオレステに抱きつくフェリチタを、軽々と抱き上げるオレステ。自分はジュリエッタを抱きしめたい衝動を抑えているのに、簡単に抱き合っている二人にラウリスの口から文句が出る。

「校内だぞ」

これに答えたのはフェリチアだ。

「ラウリスがエンベルト殿下より我慢強い事は認めるわ。でもね、そんな顰《しか》めっ面で言われてしまうと、なんだか可哀想になってしまうわね」

そう言ったフェリチアは、ベンチに座ってロザーリオの肩に寄り添っている。二人の手はしっかり恋人握りで繋がれていた。表情を戻そうとするラウリスだったが、二組のカップルの様子にますます顰めっ面になってしまう。そんなラウリスを見て、フェリチアは楽しげに笑うとジュリエッタを呼んだ。

「ジュリー、ラウリスのご機嫌を直してあげられるのはあなただけよ」

「え？　えと……うん、わかったわ」

ふんすと両手を拳にして気合いを入れたジュリエッタは、隣に座っているラウリスの胸に「えいっ」と言って飛び込んだ。

「な！」

予想外のジュリエッタの行動に、ラウリスの身体が硬直する。けれど、それはほんの一瞬の事で、自分の胸に飛び込んで来た可愛い婚約者をギュッと抱きしめ返した。

「く、可愛い」

その言い方が、あまりにもエンベルトと似ている事に、皆が笑ったのは言うまでもない。


「今度はいつまでなの？」

放課後の厩舎。馬たちが柵の中で楽しそうに駆け回っている方へ視線だけを向けながら、イラついた声色でラウリスに問いかけたのはフェリチアだ。

サルド王国が帰って行ってから二ヶ月経つか経たないかで、再びアレクサンドラが学校を休む日々が始まってしまったのだ。しかも今度はアレクサンドラを偽物の聖女だなどと罵《ののし》る国が相手だというから、フェリチアの声色がイラつくのも仕方がない。

「わからない。なんでもあちらの国の聖女、確か『救いの巫女』だったか。その巫女が旅の疲れが取れないとかで、全く話が進まないらしい」

そう答えたラウリスもまたイラつきを隠せない。イラついているのはこの二人だけではない。皆、一様に腹立たしい想いを抱いていた。

「なにが『救いの巫女』よ。ブラジオーガ王国の時も、魔馬の時も、救ったのはアリーなのに」

完全に怒っているフェリチタを宥《なだ》めつつも、オレステも怒りを隠せずにいた。

「疲れが取れないとか言いながら、本当は聖女じゃないのを誤魔化しているんじゃないか？」

ジュリーは怒りで涙まで浮かばせている。

「アリーを偽物だなんて。酷いわ」

それぞれに怒りを顕にする中、ロザーリオとフェリチアは割と冷静でいるようだ。

「それはないでしょう。わざわざこちらに乗り込んで来るのですから、力は持っているのだと思います。ただ、それが本当に聖魔法なのかという事です」

「そうよね。アリーが聖女なのは揺るぎない事実だし。向こうがなにをもってして聖女だと言い張っているかが問題ね」

けれど、ここでどんなに頭を捻ってみても、明確な答えは出てくるはずがない。そんな中、いつの間に来ていたのか魔馬がラウリスたちの側にいた。アレクサンドラが直々に彼らを紹介したお陰なのか、魔馬はラウリスたちには警戒する様子も怯える様子も見せずに素直に触れさせてくれる。そんな魔馬の鼻筋を、フェリチアはゆっくり撫でる。

「アリーに会えない日が続いているせいなのか、元気がないように見えるわ。この子もきっと寂しいのね」

魔馬は言葉を理解したのか、まるでそうだと言うように瞼をゆっくりと閉じた。すると、魔馬を心配したのだろうか、数頭の馬が魔馬の側に近寄って来た。そして慰めるように鼻先を魔馬の鼻先に近付けると魔馬も鼻先を合わせ、そのまま馬たちの誘いに乗るように走り去って行った。

そんな馬たちを見送りながらフェリチタが呟く。

「アリーを助けたいのに。私たちって無力よね」

盛大な溜息と共に発した言葉に、他の皆からも大きな溜息が零れた。先程までの勢いはすっかり消え、暗い空気が漂う。

「アリーがその『救いの巫女』という人に虐《いじ》められてたらどうしよう」

ジュリエッタが呟くと皆、アリーが虐められている姿を想像したのだったが……。

「なぁ……アリーが虐められる姿が全く想像出来ないぞ」

オレステが困ったように言うと、ラウリスも賛同する。

「偶然だな。私もどう頑張っても想像出来ない。そもそもあいつが虐められるようなタマか？」

「アリーを虐められる程の人物なんて、この世にいるんでしょうか？」

ロザーリオのその疑問でもう皆は耐えられなくなってしまう。一気に笑いの渦が巻き起こる。

「ちょっと、ロザ。そんな真面目な顔でそんな疑問を呈するなんて卑怯だわ」

「あはは、私もアリーが虐められる姿が想像出来ない」

「確かにそうかも」

ひとしきり笑うと、漂っていた暗い空気がいつの間にか消えていた。

「まあ、あれだ」

ラウリスが右手で拳を作り、左手でそれを受け止めながらニヤリと笑う。

「巫女とやらがどんなに凄い人物であろうと、アリーがそれを上回っているのは間違いないんだ。私たちはここで信じて待っていればいい。そういう事だろ？」

ロザーリオとオレステは顔を見合わせ、コクンと頷く。

「そうですよね。あのお茶会の時から私たちは、何度も何度もアリーの凄さを見続けてきたのですから」

「はは、だな。俺がいまだに負け続けているのが、アリーの凄さを立証しているいい例だしな」

フェリチアたちも顔を見合わせ頷いた。アレクサンドラを信じる気持ちは絶対に揺るがないという決意を込めて……。


休日。ラウリスたちは街に出ていた。アレクサンドラは相変わらずまだ戻って来ていないし、寂しい気持ちが消える事はない。けれど、以前のようにイラついたり不安になるような事はなくなった。今日は天気もいいし、ずっと実行出来ていなかった街散策へ行こう、という事になったのだ。勿論皆、街に溶け込めるような服装をしている。

「まずは美味いものだな」

オレステの高らかな声に苦笑しつつも、いくつか出ている出店を見て回る事にした。祭りの時期程ではないにしろ結構出店はあるもので、色々堪能しているうちにお腹が一杯になってくる。

「ちょっとお腹が苦しいかも」

ジュリエッタの呟きに、ラウリスがあたふたし出した。

「ジュリー、大丈夫か？　少し何処かで休むか？」

「ふふ、大丈夫。歩いていれば落ち着くと思うから」

「本当に？　それならいいが。辛くなったらすぐに言うんだぞ。私が抱えて行くから」

そんな二人のやり取りを見ていたロザーリオが、フェリチアに耳打ちをする。

「ジュリーの一言一言に一喜一憂するラウリスを見ると、やはり兄弟なのだなと実感しますね」

「ふふふ、そうね。まあ、兄のように病んではいないけれどね。ふふ、それにしてもお似合いよね、ラウリスとジュリーって」

クスクスと笑いながら答えるフェリチアを見つめている、ロザーリオのアイスブルーが眩しそうに細められた。それに気付いたフェリチアは、更に微笑んでみせた。

「ロザ、私たちも負けないくらいお似合いよね？」

一気に心拍数が上がったのか、ロザーリオの息が止まった。そしてゴクリと生唾を飲み込む。彼の変化に、気をよくしたフェリチアは尚も詰めていく。

「ね、そう思うでしょ？」

浅い息遣いでなんとかコクコクと首だけ動かすロザーリオに、楽しそうに詰め寄るフェリチア。そんな二人を見ていたフェリチタは、困ったように笑っていた。

「チアったら。ロザーリオを揶揄ってるわ」

「いいんじゃないか？　ロザーリオが振り回されているのを見るのは面白いしな」

分厚い肉を挟んだサンドウィッチを頬張りながら、ニヤニヤしているオレステが言った。

「まあ、確かにね。アリーやオレステに振り回されている時のロザーリオは怖いけど、チアに振り回されている時のロザーリオは可愛いものね」

すると、オレステが口を大きく開けたまま固まった。

「オレステ?」

「チタ……ロザーリオの方がいいのか?」

「え?　どうして?」

「だって今、可愛いって……」

途端にフェリチタがあははと笑い出した。

「ちょっと、ははは。オレステってば」

笑い飛ばすフェリチタとは対照的に、オレステはサンドウィッチを持ったまま眉を下げしょんぼりしている。そんな彼を見たフェリチタはフウッと小さく息を吐くと、項垂れているオレステに言った。

「ロザーリオを可愛いと言ったのは、チアと一緒にいる時のロザーリオの表情が、チア大好きって言っているみたいだからなの。好きな人と過ごしている時って、皆可愛くなるでしょ?　オレステだってとっても可愛いしカッコいいわ。大好きよ」

途端にパアッと明るい表情に戻ったオレステを見て、フェリチタが再び笑い出す。機嫌を直したオレステは再びサンドウィッチにかぶりつこうとするが、ふと何かを探すようにキョロキョロする。

「オレステ?」

そんな彼をフェリチタが不思議そうに見ると、小さく首を傾げながらオレステが言った。

「いや、なんか今アリーがいたような気がしたんだが……気のせいか」

「アリーが？」

「ああ、多分あっちの路地の方に……」

「なあ、皆」

けれど、ラウリスが声をかけた事で注意がそちらに向く。そろそろ移動しようという提案だった。そしてそのままオレステたちはその場から去って行った。


それから色々なところを歩きながら見て回った。雑貨の店ではジュリーが三日月と星を形どった髪留めを見つけて嬉しそうにしていた。金色の月に星はアメジストがはめ込まれているのか綺麗な紫色で、アレクサンドラを思い出させる色合いだったのだ。せっかくだからと三人はお揃いで買う事に。勿論、アレクサンドラの分も買ったのだった。

だいぶ歩き回って疲れたラウリスたちは、ちょうど目に入ったカフェに立ち寄った。青と白を基調にした店内は、とても可愛らしくてなんだか空の上にいるような気分にさせてくれた。

「ここ、とっても可愛い。今度、アリーも一緒にまた来たいわ」

女性陣は可愛らしい店内にテンションが上がっている。ケーキの種類も豊富で、オレステも満足のようだ。ラウリスとロザーリオは、女性客が大半を占める店内で少し居心地が悪そうにしていた。自分たちに注目が集まっているせいだろう。結局、あまり長居はせず次の場所に向かう事にした。

暫くすると、晴れ渡っていた空が急に曇ってきた。そしてポツポツと雨粒が落ち始める。

「雨だ。何処かで雨宿りするか？」

ラウリスがそう言っている間も雨の勢いは増し、あっという間に本降りになってしまった。

「とりあえず何処かに」

再びラウリスがそう言った時だった。向こうの方で金色の光が浮かんだのが見えた。結構離れていたにもかかわらずはっきり見えたそれは、上空で弾けて光の粒となって四方へ飛んだ。ラウリスたちの方にも飛んできた光の粒は、それぞれの頭上で金色のガラスのような形を作り出した。

突然の事にポカンとしながらも、フェリチアが口を開いた。

「ねえ、これって……」

周りを見ればたくさんの金色のガラスが人々を雨から守るように浮かんでいる。

「綺麗……」

思わず零れたジュリーの呟きに皆も頷く。灰色の空にたくさんの淡く光る金色のガラスが浮かぶ様は幻想的で美しかった。

「アリーね」

頭上の金色のガラスにそっと触れ、フェリチタが嬉しそうに名を口にした。

「ああ、アリーも街のどこかにいたみたいだな」

「そのようですね」

金色のガラスを見つめながら言ったラウリスとロザーリオの顔は微笑んでいる。

「こんな美しい世界を作り出せるアリーは、やはり聖女だよな」

幻想的な街並みを見つめながらラウリスが言うと、皆も大きく頷きながら暫くの間、幻想的な光景を静かに見つめていた。

Mfノベルス

断罪《だんざい》されている悪役令嬢《あくやくれいじょう》と入《い》れ替《か》わって婚約者《こんやくしゃ》たちをぶっ飛《と》ばしたら、溺愛《できあい》が待《ま》っていました③

2023年7月11日　第1刷発行

著　者　BlueBlue《ブルーブルー》

発行者　島野浩二

発行所　株式会社双葉社

〒162-8540　東京都新宿区東五軒町3番28号
［電話］03-5261-4818（営業）　03-5261-4851（編集）
http://www.futabasha.co.jp/（双葉社の書籍・コミック・ムックが買えます）

印刷・製本所　三晃印刷株式会社

［電話］03-5261-4822（製作部）
ISBN 978-4-575-24649-0 C0093